आपल्या स्नेहीजनांना पुस्तके भेट द्या

अद्ययावत पद्धतीने इयत्ता ५ वी ते १२ वीच्या
अभ्यासक्रमानुसार तयार केलेले व
मराठी भाषेत स्पष्टीकरण असलेले

EASY ENGLISH GRAMMAR AND COMPOSITION

MANOHAR CHAMPANERKAR

मेहता पब्लिशिंग हाऊस

✆ +91 020-24476924 / 24460313 / Mob. No. 9545000513
Email : production@mehtapublishinghouse.com
Website : www.mehtapublishinghouse.com

EASY ENGLISH GRAMMAR AND COMPOSITION By MANOHAR CHAMPANERKAR

इझी इंग्लिश ग्रामर अँड कॉंपोझिशन / मार्गदर्शनपर

Email : author@mehtapublishinghouse.com

संस्थापक : सुनील अनिल मेहता

प्रकाशक : मेहता पब्लिशिंग हाऊस प्रा. लि.,
१९४१, सदाशिव पेठ, माडीवाले कॉलनी, पुणे – ४११ ०३०

मुद्रक : ट्रिनिटी अॅकॅडमी फॉर कॉर्पोरेट ट्रेनिंग लिमिटेड

प्रकाशनकाल : जुलै, १९९० / ऑक्टोबर, १९९७ / मे, २००१ / डिसेंबर, २००७ / नोव्हेंबर, २०११ / जानेवारी, २०१७ /
पुनर्मुद्रण : ऑगस्ट, २०२३

किंमत : ₹ २५०

P Book ISBN 9788177661866
E Book ISBN 9789386342379
E Books available on : amazonkindle Apple Books Google Play Books

---

प्रमुख वैशिष्ट्ये

- सुरुवातीपासून इंग्रजी भाषा शिकण्यासाठी
- मराठीत समजावून दिलेले
- व्याकरणासारखा विषय मनोरंजक केलेले पुस्तक
- इयत्ता ५वी ते इयत्ता १२वीसाठी अत्यंत उपयुक्त
- अनेक परदेशी संदर्भ ग्रंथांच्या आधारे तयार केलेले
- सरावासाठी अनेक Exercises
- व्याकरण उत्तम रितीने आकलन होण्यासाठी
- चाळीस वर्षे इंग्रजी भाषा शिकविण्याच्या दीर्घ अनुभवाने तयार केलेले पुस्तक
- Essay-Writing, Story-Writing, Letter-Writing, Comprehension, Precis-Writing, Translation ह्या विषयांचाही समावेश असलेले आदर्श संपूर्ण पुस्तक

पुस्तकाबद्दल थोडेसेच पण महत्त्वाचे

अभ्यासू विद्यार्थ्यांनो,

'व्याकरण' हा किचकट विषय; पण त्याचा किचकटपणा दूर करता येतो, आणि तो विषय मनोरंजक ठरतो. तुम्ही या पुस्तकाचा नियमितपणे अभ्यास केल्यास तुम्हाला इंग्रजी भाषेचे व्याकरण क्लिष्ट वाटणार नाही. कारण एखादा विषय समजल्यावर त्या विषयाची गोडी निर्माण होते. या पुस्तकात मी प्रत्येक विषय (Topic) सोप्या मराठी भाषेत समजावून दिला आहे. ते समजण्यासाठी अनेक उदाहरणे दिली आहेत. त्यामुळे संबंधित विद्यार्थ्यांना विषयांची गोडी लागेल. इतकेच नव्हे तर इंग्रजी भाषा व्याकरणदृष्ट्या शुद्ध लिहिता येईल. व्याकरण हा भाषेचा पाया आहे हे विसरू नका. कितीही अद्ययावत पद्धती उजेडात आल्या असतील, तरी पण 'व्याकरण' हाच पाया भाषा शिकण्याच्या दृष्टीने यशस्वी ठरला आहे हे विसरता कामा नये.

हे पुस्तक तयार करताना इयत्ता ५वी ते इयत्ता १२वी यांच्या अभ्यासक्रमाचा विचार केला आहे. हे पुस्तक एस.एस.सी.च्या विद्यार्थ्यांना फारच उपयुक्त ठरेल; तसेच ११वी व १२वीच्या विद्यार्थ्यांनाही उपयुक्त ठरावे या दृष्टीने प्रत्येक प्रकरणाचा विचार केला आहे. पुस्तकात आरंभापासूनचे व्याकरण दिले आहे. त्यामुळे शाळेत अथवा कॉलेजात न जाता ज्यांना इंग्रजी भाषा बोलता-लिहिता यावी असे वाटते अशाही व्यक्तींना हे पुस्तक फारच उपयुक्त ठरेल.

अनेक पाठांनंतर त्या त्या विषयावर Exercises दिले आहेत. त्यामुळे उत्तम सराव होऊन व्याकरण सोपे वाटेल. हे पुस्तक तयार करताना इंग्रजी भाषेचे आकलन कसे होईल याचाच मी अधिक विचार केला आहे.

या पुस्तकात Composition भागाचाही समावेश केला आहे. निबंध-लेखन, कथा-लेखन, पत्र-लेखन, Comprehension, Precis-writing आणि Translation या सर्व विषयांचा थोडक्यात ऊहापोह केला आहे. त्यामुळे संबंधित विद्यार्थ्यांना हे पुस्तक फारच उपयोगी ठरेल. हे पुस्तक तयार करताना अनेक Foreign संदर्भ ग्रंथांची मदत घेतली आहे. तसेच माझा इंग्रजी विषय शिकविण्याचा चाळीस वर्षांचा दीर्घानुभव उपयोगी पडला आहे.

अशा धर्तीचे पुस्तक मी तयार करावे असा आग्रह माझे मित्र, 'मेहता पब्लिशिंग हाऊस'चे मालक श्री. अनिल मेहता ह्यांनी केला व त्यांच्या उत्तेजनामुळे हे पुस्तक प्रकाशात आले आहे असे म्हणावे लागेल. त्यांचे आभार मानण्यास माझे शब्द अपुरेच पडतील.

या पुस्तकाचे संपूर्ण हस्तलिखित माझे मित्र श्री. वा.के. वाड ह्यांनी तपासले व योग्य त्या सुधारणा त्यांनी सुचविल्या. हे काम त्यांनी अति कळकळीने केले त्याबद्दल त्यांचे आभार मानण्यास माझी लेखणी अपुरीच पडेल.

संबंधित विद्यार्थ्यांना या पुस्तकाचा पुरेपूर फायदा झाल्यास माझ्या श्रमाचे चीज झाले असे मी समजेन.

धन्यवाद!

मनोहर चंपानेरकर

Contents

Composition Section

1. THE SENTENCE

A sentence is a group of words which makes a complete sense. (ज्या शब्दसमुदायामुळे अर्थ पूर्ण होतो ते वाक्य होय.)

Kinds of Sentences (वाक्यांचे प्रकार)

- Declarative or Assertive (विधानार्थी)
- Interrogative (प्रश्नार्थक)
- Imperative (आज्ञार्थी, विध्यर्थी)
- Exclamatory (उद्गारवाचक)

Declarative or Assertive (विधानार्थी) : जी वाक्ये केवळ विधान करतात त्यांना Declarative किंवा Assertive Sentences म्हणतात.

उदा. Mina sings well.

Interrogative (प्रश्नार्थक) : जी वाक्ये प्रश्न विचारतात त्यांना Interrogative Sentences म्हणतात.

उदा. Where do you stay?
Do you know this?

Imperative (आज्ञार्थी) : जी वाक्ये आज्ञा किंवा विनंती हे भाव व्यक्त करतात त्यांना Imperative Sentences म्हणतात.

उदा. Bring that book.
Please, give me your pencil.
Don't talk.

Exclamatory (उद्गारवाचक) : आश्चर्य, आनंद, दु:ख हे भाव व्यक्त करणाऱ्या वाक्यांना Exclamatory Sentences म्हणतात.

उदा. What a beautiful garden is this !

Hurrah! We won the match.

खालील वाक्ये कोणत्या प्रकारची आहेत ते इंग्रजीत सांगा. पहिले उदाहरण (Model) नमुना म्हणून सोडवून दिले आहे.

Model : Have you ever done this? हे Interrogative Sentence आहे.

I hope you will please to this. हे Imperative Sentence आहे.

1) How kind of you!
2) What do you know about this?
3) He is a kind boy.
4) Please, help me now.
5) Where were you Yesterday?
6) Oh! God save me!
7) Get out.
8) Many people know this.
9) Alas! What can I do now!
10) The earth is round.
11) How many brothers have you?
12) What is your father?
13) You are not wise.
14) Help your neighbours.
15) How sweet!
16) Keep left.
17) We should always be kind to the poor.
18) I don't want to listen now.
19) Are you happy?
20) She has done a good job.

2. SUBJECT AND PREDICATE

वाक्य पूर्ण होण्यासाठी दोन गोष्टींची गरज असते.

1) प्रत्येक वाक्यातील पहिले अक्षर मोठ्या लिपीतले (Capital Letter) असते.

उदा. He is a good boy. (येथे H हे अक्षर कॅपिटल आहे.)

2) प्रत्येक वाक्याच्या शेवटी पूर्णविराम (.) (Full stop) असतो.

उदा. Then, they came there. But, they did not wait.

ज्या वेळी आपण वाक्य तयार करतो त्या वेळी आपण –

1) एखाद्या व्यक्ती अथवा गोष्टी (वस्तू)चा नामनिर्देश करतो.

2) आणि त्या व्यक्तीविषयी अथवा वस्तूविषयी आपण काहीतरी सांगतो.

Hence, every sentence has two parts :

(i) Subject (ii) Predicate.

(i) Subject (उद्देश्य) - ज्याच्याविषयी वाक्यात काही सांगितलेले असते त्यास Subject म्हणतात. क्रियापदास कोण, काय, कोणी हे प्रश्न विचारल्यास Subject मिळतो. उदा. Suhas plays cricket (कोण खेळतो? Suhas) म्हणून Suhas हा Subject.

(ii) Predicate (विधेय) - Subject विषयी जी काही माहिती सांगितली असेल त्या सर्व माहितीला Predicate म्हणतात. म्हणून वरील वाक्यात plays cricket हा predicate-part होय.

3) आज्ञार्थी वाक्यांमध्ये You हा Subject सांगितलाच जात नाही.

उदा. Sit down (येथे you हे अध्याहृत आहे.)

Wait for a minute. (येथे you हे अध्याहृत आहे.)

Exercise

In the following sentences separate the Subject and the Predicate.

(पुढील वाक्यांतील उद्देश्य (Subject) व विधेय (Predicate) असे दोन वेगवेगळे भाग करा.)

1) I see a boy.
2) She sings many songs.
3) I want a pencil.
4) Suhas goes to school every day.
5) These mangoes are nice.
6) Keep left.
7) Turn right.
8) Write this for me.
9) Many boys are present.
10) I meet him now.
11) Boys don't know this.
12) She is a cleaver girl.
13) Manu wants this.
14) Sunil likes the book.
15) You give me today.
16) Many boys are playing there.
17) She dances from Monday to Thursday.
18) His mother is very good.
19) That unmbrella is very beautiful.
20) We like those mangoes.

3. PARTS OF SPEECH

इंग्रजी बोलण्यासाठी व लिहिण्यासाठी ज्या नियमांचा आपण वापर करतो त्यास आपण Grammar (व्याकरण) अशा नावाने संबोधतो. या नियमांशिवाय भाषा समजू शकणार नाही. वाक्यांची रचना करताना आपण शब्दांची जुळणी करतो, तेव्हा आपण खरोखरी प्रत्येक वेळी व्याकरणाचाच उपयोग करतो; पण असे करताना आपणाला ते कधी कधी उमजतही नाही.

कोणत्याही भाषेत वाक्य (Sentence) हा एक निरनिराळ्या प्रकारच्या शब्दांचा समुदाय असतो. ते शब्द वाक्यात निरनिराळ्या कामासाठी वापरलेले असतात. शब्दांच्या निरनिराळ्या कामासाठी निरनिराळ्या संज्ञा आहेत; आणि ती संज्ञा तो शब्द जे कार्य वाक्यामध्ये करतो त्यावर अवलंबून असते. ह्या संज्ञांना Parts of speech (शब्दांचे प्रकार) असे म्हणतात.

शब्दांचे आठ प्रकार

1. Nouns – नामे
2. Verbs – क्रियापदे
3. Adverbs – क्रियाविशेषणे
4. Adjectives – विशेषणे
5. Pronouns – सर्वनामे
6. Prepositions – शब्दयोगी अव्यये
7. Conjunctions – उभयान्वयी अव्यये
8. Interjections – केवलप्रयोगी अव्यये

आता, प्रथम आपण Noun (नाम) म्हणजे काय ते पाहू.

The Noun (नाम)

A noun is the name we give to any person, animal, place, object or idea. (एखाद्या व्यक्तीला, प्राण्याला, स्थळाला, वस्तूला अथवा कल्पनेला दिलेल्या नावाला आपण नाम (Noun) म्हणतो.)

डोळा, कान, नाक, जीभ व त्वचा ह्यांमुळे ज्यांचा उलगडा होतो, ते नाम असते, असे म्हटल्यास वावगे ठरणार नाही.

उदा. डोळ्याने – आजूबाजूला पाहा. जे दिसेल ते Noun (नाम) आहे.

जसे मनुष्य (a man), कुत्रा (a dog), खुर्ची (a chair), राम (Rama), मोटार (a motor) इ.

नाकाने – वास, सुगंध, हवा, इ.

जिभेने – कडूपणा, गोडी, आंबटपणा, खारटपणा इ.

त्वचेने – वारा, उष्णता, थंडी, हवा, इ.

कानाने – किंकाळी, नाद, आवाज, स्फोट इ.

The nouns we see for people may describe what the person is or does. i.e. girl, singer, boy, etc. Or they might be the kind of names we are given by our perents : Sunita, Raju, Gopal, Mina, etc. The same can be said about the places : City, school, farm, Or Satara, Pune, Bombay.

Now let us consider the names of <u>animals,</u> such as : dog, lion, elephant, <u>sparrow.</u>

When we talk about objects which are <u>not alive</u> (निर्जीव वस्तूंसाठी) : <u>tree,</u> pencil, pen, ruler etc.

Then we give names to ideas like love, hate, anger, greed, joy etc.

Remember : A noun is the name we give to anything.

Exercises

Ex. 1 The following sentences contain the names we use for persons. Make a list of all the nouns used for persons. (पुढील वाक्यांत व्यक्तींसाठी वापरलेली नामे आहेत. त्यांची यादी तयार करा.)

1) There are men near a garden.
2) A farmer is working in a field.
3) The boys are standing there.
4) Veena is going to a market.
5) I like that teacher.
6) I see the policeman on the road.
7) My sister lives at Satara.
8) Her friend lives in Bombay.
9) Mr. Sule is coming here.
10) A blacksmith is making a knife.
11) The doctor is examining a patient.
12) The pilot got down from the plane.

Ex. 2 In the following sentences, you find the names of the various animals. Make a list of them. (पुढील वाक्यांत वेगवेगळ्या प्राण्यांची नावे आढळतील. त्यांची यादी करा.)

1) That cat is white.
2) An elephant is useful in forests.
3) We fear lions.
4) The tiger is very cruel.
5) Dogs are barking.
6) Camel is very useful in deserts.
7) Horse is a faithful animal.
8) We get wool from sheep.

Ex 3. The following sentences contain the names of things and places. Make a list of them. (पुढील वाक्यांमध्ये वस्तूंच्या आणि स्थळांच्या नावांचा समावेश आहे. त्यांची यादी करा.)

1) This road is quite big.
2) I purchased sugar yesterday.
3) I like apples very much.
4) A train leaves for Pune.
5) My aunt lives in Calcutta.
6) There is a big bridge at Calcutta.

7) I always read newspapers.
8) I like to live in a city.
9) She goes to college regularly.
10) I see many beautiful things in that shop.

Ex. 4 The following sentences contain the names of ideas. Make a list of them. (पुढील वाक्यांमध्ये कल्पनांची नावे दिली आहेत. त्यांची यादी तयार करा.)

1) Anger brings trouble.
2) Greed never gives you success.
3) Love gives you pleasure.
4) It is our duty to show sympathy to the poor.
5) Justice is a necessary thing.
6) You show your wisdom.
7) Friendship gives us happiness.
8) Affection is necessary in our life.

4. NOUNS : SINGULAR AND PLURAL (I)

See the following pictures :

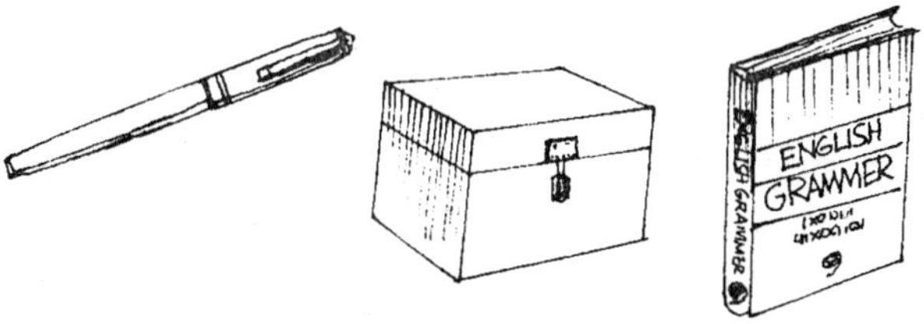

In this picture you can see one pen, one box and one book. Because there is only one of each thing, we say that the nouns pen, box and book are used in the **singular.**

A noun is in **SINGULAR** form when it refers to only one thing, person, place or animal.

Now see the following picture. There are four pens, two boxes and three books. This means there are more than one pen, more than one box and more than one book.

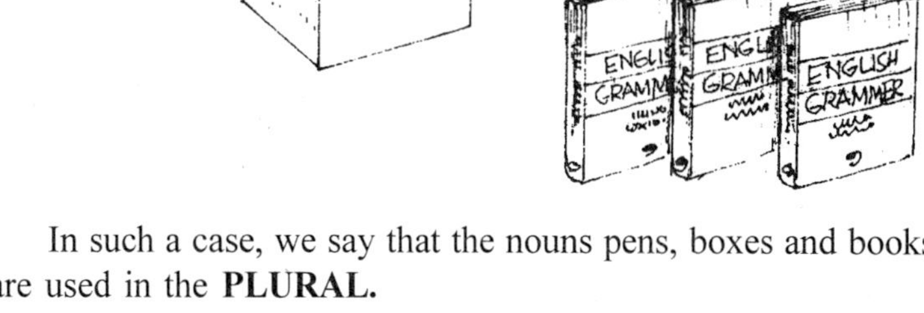

In such a case, we say that the nouns pens, boxes and books are used in the **PLURAL.**

When there are **MORE THAN ONE** objects or ideas suggested by a noun, we say that the noun is in the **PLURAL.**

The plural forms of most Nouns are obtained by adding 's' to their singular forms. नामाच्या एकवचनी रूपाला 'S' प्रत्यय लावून पुष्कळशा नामांचे अनेकवचन (Pural) बनविता येते.

SINGULAR	PLURAL	SINGULAR	PURAL
boy	boys	pencil	pencils
door	doors	hand	hands
lion	lions	chair	chairs
girl	girls	bird	birds

NOTE : MOST NOUNS IN ENGLISH FORM THEIR PLURAL BY ADDING THE LETTER 'S' AT THE END.

Exercise

Ex. 1 Give the pural forms of the following Nouns :

1) horse 2) window 3) shop 4) garden
5) elephant 6) teacher 7) field 8) doctor.
9) egg 10) car

Ex. 2 Give the singular forms of the following Nouns :

1) flowers 2) lessons 3) trees 4) baskets
5) tigers 6) boys 7) pages 8) oranges
9) classrooms 10) roads.

Ex. 3 Fill in the blanks : (Many – पुष्कळ; More – च्यापेक्षा अधिक; Single – एकच; only – फक्त).

(Make use of the following words : boy, rat, eye, ear, leg, apple, nose, table, desk, blackboard, pant, shirt, notebook, clock.)

1) Many -------- 2) More------ 3) only one------
4) Single------ 5) Many------ 6) Seven------
7) More------ 8) One------ 9) Only------
10) Five------ 11) More------ 12) Twenty------
13) A------ 14) Single------

5. NOUNS : SINGULAR AND PLURAL (II)

GRUOP I The Plural of some Nouns is obtained by adding es (pronounced iz) to the Singular. (काही नामांची अनेकवचने es हा प्रत्यय एकवचनी नामास लावून होतात व त्यांचा उच्चार 'झ्'सारखा होतो.)

Learn	**SINGULAR**	**PLURAL**
	Glass	glasses
	bus	buses
	class	classes
	box	boxes
	watch	watches.
	brush	brushes

नियम : जर नामाच्या शेवटी 's, sh, ch, x, ss' ही अक्षरे असली तर अनेकवचन करण्यासाठी s ऐवजी es हा प्रत्यय जोडला जातो. वरील उदाहरणे नीट अभ्यासा.

GROUP II Nouns ending in y with a consonant before it have their plurals by changing y to ies. But if the y has a vowel before it, the plural is obtained in the regular way by adding s. Compare the two lists. (ज्या नामांच्या शेवटी Y हे अक्षर असून त्या y च्या पूर्वीचे अक्षर जर व्यंजन असेल तर त्याचे अनेकवचन करताना 'Y' हे अक्षर काढून त्याऐवजी ies हा प्रत्यय लावावा. परंतु Yच्या पूर्वी असणारे अक्षर जर स्वर असेल तर त्याचे अनेकवचन नियमितपणे म्हणजे मूळ नामाला 's' लावून करतात तसेच करावे, पुढील दोन याद्या निरखून पाहा.)

SINGULAR	PLURAL	SINGULAR	PLURAL
fly	flies	day	days
city	cities	key	keys
lady	ladies	boy	boys
baby	babies	toy	toys
country	countries	tray	trays

GROUP III If the Noun ends in 0 then the plural is sometimes obtained by adding es. (ज्या नामांचे शेवटचे अक्षर O असते, तेव्हा काही वेळेला त्याचे अनेकवचन करताना es हा प्रत्यय लावतात.)

SINGULAR	PLURAL
hero	heroes
tomato	tomatoes
mosquito	mosquitoes.

GROUP IV Some, but not all Nouns ending in f or fe have their plurals with 'ves'. नामांच्या शेवटी f किंवा fe ही अक्षरे आल्यास त्या नामांचे (त्या सर्वांचे नाही) अनेकवचन करताना f किंवा fe च्या जागी 'ves' ही अक्षरे येतात.

SINGULAR	PLURAL	SINGULAR	PLURAL
leaf	leaves	life	lives
loaf	loaves	shelf	shelves
knife	knives	half	halves
thief	thieves	wolf	wolves.
wife	wives		

GROUP V A few Nouns have different singular and plural forms. (काही नामांची अनेकवचने वेगळ्या तऱ्हेनेच होतात. ती पाठ करणे आवश्यक आहे.)

SINGULAR	PLURAL	SINGULAR	PLURAL
foot	feet	louse	lice
tooth	teeth	goose	geese

man	men	ox	oxen
woman	women	mouse	mice
child	children		

GROUP VI A few Nouns have the same plural form as its regular form (थोड्या नामांची एकवचने आणि अनेकवचने सारखीच असतात.)

SINGULAR	PLURAL	SINGULAR	PLURAL
sheep	sheep	fish	fish
deer	deer	trout	trout
dozen	dozen	salmon	salmon
hundred	hundred		

GROUP VII Some nouns have no plural forms. (काही नामे अनेकवचनी लिहिली अथवा बोलली जात नाहीत.)

ONLY IN SINGULAR

advice	e.g.	He gave me many pieces of advice.
machinery	e.g.	Godrej factory was full of machinery.
information	e.g.	I know a lot of information.
luggage	e.g.	The luggage is heavy.
accommodation	e.g.	The accommodation is sufficient.
furniture	e.g.	I see many pieces of furniture.

Note : The word **news** is always in singular.
e.g. The news is (not are) good.

GROUP VIII Some Nouns are always used in the plural, never used in the singular. (काही नामे नेहमी अनेकवचनीच वापरतात. ती कधीही एकवचनी वापरत नाहीत.)

NOUNS ALWAYS USED IN THE PLURAL.

trousers :	e.g.	Many trousers are costly.
scissors :	e.g.	I like those scissors.
clothes :	e.g.	I want to see many clothes.
spectacles	e.g.	These spectacles suit me.
(or glasses)	e.g.	These glasses suit me.
bellows :	e.g.	These bellows are rather costly.
pincers :	e.g.	I like these pincers.
tongs :	e.g.	I want to see many tongs.

GROUP IX Some words have two plural forms. Both are correct. (काही नामांना दोन अनेकवचनी रूपे असतात व ती दोन्ही बरोबर आहेत.)

e.g. Three buffalo or three buffaloes.
five buck or five bucks.
four fish or four fishes.

Exercises

Ex. 1. Give the plural of : (अनेकवचन द्या.)

Woman, shelf, sheep, loaf, bus, child, mouse, tooth, man, knife, wolf, baby, city, key, brush, fox, watch.

Ex. 2. Fill in the blanks : (रिकाम्या जागा भरा.)

1) I see many -------- (cloth / clothes).
2) There are three ------- (knife/knives).
3) I know a ------- (thieves/ thief).
4) Bring that -------- (trays/ tray).
5) Put on your ------- (glass/ glasses).
6) Bombay is very good ------- (city/cities).
7) The -------- are playing. (lady/ ladies).
8) He gave me two pieces of -------- (advice/ advices).
9) That factory is full of --------- (machinery/machineries).

10) I want to purchase two ------- pens. (dozen/dozens)
11) I like ------- (pincers/ pincer).
12) I wear ------- daily. (trouser/ trousers)
13) Three ------- are standing there. (sheep/sheeps)
14) I am seeing four --------- (ox/oxen).
15) Keep your -------- clean. (tooth/ teeth)

Ex. 3. Give the Singular form of : (एकवचनी रूपे द्या)

Sheep, mice, teeth, deer, lice, geese, oxen, flies, parties, wives, knives, leaves, loaves, heroes, roofs, watches, branches, toys, lives.

Ex. 4. Read the following passage carefully and make two lists of all the nouns in it ; one list of Singular Nouns, the other list of Plural Nouns. (पुढील परिच्छेद काळजीपूर्वक वाचा आणि त्यातील सर्व नामे शोधून काढा व एकवचनी नामांची आणि अनेकवचनी नामांची अशा दोन याद्या तयार करा.)

I see two monkeys on a tree. They are jumping. The tree is very big. Its leaves are green. There are mountains in the background, I also see a lot of deer. They are playing. Some boys are running after them. The tree is full of flowers. Suhas comes there. He sees some elephants near a river. The three buffalo are in water. In the river there are many fish. There are many flies near the river. A farmer walks by the side of the river. He has many sheep with him. The sky looks beautiful, the moon and the stars shine in the sky.

6. KINDS OF NOUNS

Kinds of Nouns

1.A Common Noun | 2.A Proper Noun | 3.Uncountable Noun | 4.A Collective Noun | 5.An Abstract' Noun

1) A Common noun (सामान्य नाम)

Common Nouns are the names given to people, places or things which are of the same kind, e.g. boy, tree, dog, village, city, girl, book.

2) A Proper noun (विशेष नाम)

Proper Nouns are the names of particular people, places or things, e.g. Sunil, Moti, Veena, Calcutta, Satara, India, 'Gulliver's Travels.'

Names of real persons and places are called Proper Nouns. They MUST begin with a capital letter, e.g.

Names of real persons :

Boys or men : Manohar, Ahmed, Bob, Mr. Patel,

Girls or women : Mina, Mary, Ann, Sunita, Mrs. Sule.

Names of real places :

Countries : England, Germany, India, Japan, France, etc.

Cities : London, Bombay, Karachi, Pune, Nagpur, etc.

Towns : Satara, Kolhapur, Nasik, Ahamednagar etc.

The days of the week and the months of the year are Proper Nouns and MUST begin with a Capital letter.

Sunday, Monday, Tuesday, Wednesday, Thursday, Friday, Saturday,

Chaitra, Vaishakha, Jyestha, Ashadha, Shravan, Bhadrapad, Ashwin, Kartik, Margashirsha, Pausha, Magha, Falgun, January, February, March, April, May, June, July, August, September, October, November, December.

Names of Festivals :

Christmas, Idd, Nag Panchami, Divali, Holi, Coconut-day etc.

3) Uncountable Nouns (न मोजता येणारी नामे)

The Nouns which are without Plurals are called as 'Uncountable Nouns'. Uncountable Nouns cannot be counted in the fashion of 1, 2, 3, --------- e.g.' milk'. We cannot say one milk, three milks, etc. We cannot count milk, but we can count drops of milk, glasses of milk, bottles of milk, jugs of milk etc. Here are other nouns like milk :

tea, water, money, ink, coffee, chalk, paper, soap, bread, air. Before Uncountable Nouns we cannot use articles 'a' or 'an'. We cannot say 'a milk'. We can use the article 'the' sometimes. We use 'the' when we are speaking about water in a certain glass and no other water.

(स्पष्टीकरण : दूध, पाणी, शाई, साबू, इ.सारखी नामे एक, दोन, तीन... अशा संख्यांनी मोजता येत नाहीत. अशा नामांना 'a' किंवा 'an' ही उपपदे वापरता येत नाहीत. परंतु 'the' हे उपपद कधी कधी योजता येते.)

Uncountable Nouns are often used with the word no in front of them.

e.g. The poor man has got **no money** in his pocket.

There is **no milk** in the kitchen.

वरील वाक्यात 'no money' म्हणजे अजिबात पैसे नाहीत असा अर्थ होतो. 'No milk' म्हणजे अजिबात दूध नाही असा अर्थ होतो. अर्थात Uncountable Nouns च्याच वेळी अशी वाक्यरचना होते.

4) A Collective Noun (समूहवाचक नाम)

हे नाम म्हणजे अनेक गोष्टींचा समूह असतो. उदा. a bunch, a crowd, an army इ.

Some Nouns are the names of groups or collections of things.

Such a noun is called a Collective Noun.

Some more examples : herd, flock, staff, team, crew, regiment, troop.

A Collective Noun usually takes a singuar verb.

e.g. The team is going to America.

5) An Abstract Noun (भाववाचक नाम)

ही दिसत नाहीत, पण आपल्या इतर ज्ञानेंद्रियांना कळतात. ही नामे, गुण, अवस्था, इ. दर्शवितात. उदा. kindness, wisdom, justice, youth इ.

Abstract Nouns are names given to qualities or ideas.

More examples : beauty, hatred, honesty, idleness, pain, affection, delight, joy, intelligence, etc.

Exercises

Ex. 1 Classify the following nouns. State the kind of each noun.

(पुढील नामांचे वर्गीकरण करा. प्रत्येक नामाची जात सांगा.)

Pride, radio, lion, Chandu, group, service, Zebra, Mr. Wagle television, navy, tree, Karad, Jamuna, sympathy, ear, direction, cruelty, Govindrao, water, Madras, Wednesday, sincerity, apple, March, milk, bunch, grapes, student, army, picture, Hanuman, vanity, sea, Mrs. Vaze, player.

Ex.2 Read the following passage carefully. Pick out all the nouns given in the passage. State the kind of each noun.

(पुढील परिच्छेद काळजीपूर्वक वाचा. परिच्छेदात दिलेली नामे शोधून काढा. प्रत्येक नामाची जात सांगा.)

I like Bombay. It is a big city. There are different people. I see crowds of people. Some are Maharashtrians, some are Gujarathies, some are Bengalies, etc. A lot of people live here. They form their own society. Some people show their intelligence. There is a large sea. There are various groups of people. In Bombay, there are many suburbs like Mulund, Thane, Borivli, Dahisar, Kandivali, Malad, Kurla, Ghatkopar etc.

People get a lot of money in Bombay. Sunday is a holiday in Bombay. On holidays people go for picnics. Some go to Vihar lake, some go to National Park, some go to Malbar Hill.

You get much satisfaction in Bombay. There is happiness everywhere. There are a lot of teams. You don't find a herd of cattle here. There are many gardens. People live here with hope, faith and charity.

7. GENDER

सर्व नामांना पुढीलपैकी एक लिंग असते : Masculine (पुल्लिंग), Feminine (स्त्रीलिंग), Common (उभयलिंग), Neuter (नपुसकलिंग)

Nouns that specify male creatures are masculine.
पुरुषवाचक सजीव पदार्थ दर्शविणारी नामे पुल्लिंगी असतात.
उदा. Suhas, father, brother, king, boy, tiger, इ.

Nouns that specify female creatures are feminine.
जी नामे स्त्रीवाचक सजीव पदार्थ दर्शवितात ती स्त्रीलिंगी होत.
उदा. Gangabai, Veena, mother, sister, queen, girl, woman, cow etc.

Most nouns that name creatures give no indication of gender. These nouns are said to have common gender.

अनेक नामांचा विशिष्ट लिंगात उपयोग होत नाही अशी नामे उभयलिंगी (Common) आहेत असे म्हणतात. उदा. child, animal, parent, relative, singer, cook, etc.

All nouns naming nonliving objects are said to have the neuter gender.

सर्व निर्जीव वस्तू दर्शविणाऱ्या नामांना नपुसकलिंगी नामे म्हणतात. उदा. Rock, candle, picture, ribbon, pen, tree, book, rope, room etc.

पुल्लिंगी नामांची स्त्रीलिंगी नामे करण्यासंबंधीचे नियम

नियम : 1) Endings such as 'ess', 'trix', and 'ine' can be added to nouns in masculine gender to make them feminine nouns.

पुल्लिंगी नामास ess, trix, आणि ine लावून स्त्रीलिंगी नामे होतात.

उदा. Poet - poetess, hero- heroine, God-Goddess, Lion-Lioness, Prince-Princess, author-authoress.

२) मूळच्या पुल्लिंगी नामामध्ये काही फरक करून ess हा प्रत्यय जोडून स्त्रीलिंगी नामे तयार होतात. उदा. actor-actress, master- mistress, emperor-empress, inspector - inspectress etc.

३) पुल्लिंगी नामाबद्दल दुसराच स्वतंत्र शब्द उपयोगात आणून काही स्त्रीलिंगी नामे बनतात. उदा. – boy-girl, brother- sister, uncle-aunt, cock-hen, lord-lady, man-woman, husband-wife, sir-madam, bull-cow, son-daughter, slag-doe, duck-drake, dog-bitch, gander-goose, nephew-niece, horse-mare; etc.

४) नामाच्या सुरुवातीस किंवा शेवटी लिंगभेद दर्शविणारा शब्द जोडून स्त्रीलिंगी रूपे बनतात.

उदा. He-goat, she-goat; milk-man, milk-maid.

५) काही नामांची स्त्रीलिंगी रूपे अनियमित (irregular) होतात. lad - lass, master - miss, singer- songstress, bridegroorn-bride, widower-widow.

६) Some words that are masculine (Fireman, postman policeman) have alternatives with common genders. (काही पुल्लिंगी नामांबद्दल उभयलिंगी शब्द वापरतात.)

उदा. fireman/fire-fighter, postman/mail carrier, policeman/police officer.

7) 'A ship' is used as a feminine noun. ('A ship' हा शब्द स्त्रीलिंगी समजतात.)

उदा. 'Tukaram' is a big ship. Her capacity is a thousand.

8) The words expressing beauty or gentleness are used as feminine nouns.

उदा. peace, moon, nature. The moon looks beautiful. She is golden.

Exercises

Ex. 1 Give the feminine forms of :

Master, bridegroom, uncle, singer, lad, cock, duck, lord, king, poet, hero, author.

Ex. 2 State the genders of : (खालील नामांची लिंगे सांगा.)

the moon, girl, Mohan, child, student, baby, servant, tiger, hero, tree, book, friend, heroine, god, hunter, Empress, she-goat, leaf, page, cat, rat, wheat.

Ex. 3 Give masculine forms of

niece, hostess, sister, wife, Madam, mare, aunt, daughter, she-goat, milk-maid, lass, widow.

8. CASES

विभक्ती काय करते? नामाचा (मूळ स्वरूपातच) दुसऱ्या शब्दाशी असणारा संबंध किंवा नामाच्या स्वरूपात बदल होऊन दाखविला गेलेला असा संबंध यास त्याची विभक्ती (Case) असे संबोधतात.

मराठी भाषेमध्ये आपण संबोधनासह आठ विभक्तींचा विचार करतो, परंतु इंग्रजी भाषेत संबोधनासह एकूण पाचच विभक्तींचा वापर होतो. त्या पाच विभक्ती पुढीलप्रमाणे :

1. The Nominative Case – प्रथमा विभक्ती
2. The Accusative किंवा Objective Case – द्वितीया विभक्ती
3. The Dative Case – चतुर्थी विभक्ती
4. The Genitive किंवा Possessive Case – षष्ठी विभक्ती
5. The Vocative Case – संबोधन

1) Nominative Case (प्रथमा विभक्ती) – ज्या वेळी एखादे नाम कर्ता म्हणून आले असेल तर त्या नामाची प्रथमा विभक्ती समजावी.

उदा. Suhas plays football.

या वाक्यात Suhas या नामाची प्रथमा विभक्ती (Nominative Case) आहे. या वाक्यात 'plays' या क्रियापदास who हा प्रश्न विचारला तर उत्तर येते 'Suhas'.

यावरून 'Who' प्रश्न विचारल्यास प्रथमा विभक्तीत असलेला शब्द सापडतो; आणि तो शब्द कर्ता असतो. म्हणून

When a noun (or pronoun) is used as the Subject of a verb, it is said to be in the Nominative Case.

2) The Accusative or Objective Case (द्वितीया विभक्ती) – ज्या वेळी एखादे नाम वाक्यामध्ये कर्म (Object) म्हणून वापरलेले असते त्या वेळी त्या नामाची द्वितीया विभक्ती असते.

उदा. Vilas likes a parrot.

या वाक्यात What does Vilas like? या प्रश्नाचे उत्तर parrot आहे. म्हणून parrot हे कर्म असल्याकारणाने त्याची द्वितीया विभक्ती (Accusative किंवा Objective Case) समजावी.

तसेच Raju met Sunita. या वाक्यात whom did Raju meet? या प्रश्नाचे उत्तर 'Sunita' येते. ज्यावर कर्त्याची काहीतरी क्रिया झाली त्याची ती उत्तरे आहेत म्हणून ती कर्मे असून त्यांची विभक्ती द्वितीया.

थोडक्यात सांगावयाचे म्हणजे कर्त्याच्या (वस्तुवाचक) what किंवा what च्या अर्थी (व्यक्तिवाचक) whom असा प्रश्न विचारून जे उत्तर येते ते कर्म व त्याची विभक्ती द्वितीया असते.

Also note : in English language,
Subject comes before the verb.
Object comes after the verb.

यावरून प्रथमा व द्वितीया या विभक्तीतील नामांचे स्वरूप (form) समान असले तरी नियमावरून प्रथमा व द्वितीया विभक्ती ओळखता येते.

Note : A noun which comes after a preposition is in the Accusative Case.

उदा. An umbrella is in the cupboard. येथे नाम cupboard द्वितीया विभक्तीत आहे.

3) Dative Case (चतुर्थी विभक्ती)

काही काही क्रियापदांना दोन Objects (कर्मे) असतात. त्यांपैकी एक direct Object (प्रत्यक्ष कर्म) असते तर दुसरे indirect Object (अप्रत्यक्ष कर्म) असते. Indirect Object (अप्रत्यक्ष कर्म) हे नेहमी Dative Case (चतुर्थी विभक्ती) मध्ये असते. अशी क्रियापदे बहुधा 'Verbs of giving' (देणे वाचक) असतात.

उदाहरणार्थ : My father gave me that radio.

या वाक्यात What did my father give? याचे उत्तर 'radio' म्हणून 'radio' हे direct Object (प्रत्यक्ष कर्म) आहे आणि whom did father give? याचे उत्तर 'me' येते. म्हणून 'me' हे अप्रत्यक्ष कर्म (indirect Object) आहे. आणि अप्रत्यक्ष कर्म हे चतुर्थी विभक्तीत असते. म्हणून 'me' हे चतुर्थी विभक्तीत आणि radio हे द्वितीया विभक्तीत समजावे.

4) Possessive or Genitive Case (षष्ठी विभक्ती)

जे नाम एखाद्या वस्तूवर आपली मालकी आहे हे दर्शविते ते Possessive अथवा Genitive Case (षष्ठी विभक्तीत) असते.

पुढील उदाहरणे पाहा.

Rama's bunglow.

Children's songs.

वरील उदाहरणांत, 'रामाचा बंगला', 'लहान मुलांची गाणी' यात वस्तूंची मालकी दर्शविली जाते. जे नाम एखाद्या वस्तूवर आपली मालकी आहे हे दाखवते ते षष्ठी विभक्तीत (Possessive Case) आहे असे मानतात.

वरील उदाहणांत, कोणाचा बंगला? कोणाची गाणी? या प्रश्नांची उत्तरे मिळतात. षष्ठीचा मुख्य अर्थ मालकी, स्वामित्व असा असतो.

नामांची Possessive Case (षष्ठी विभक्ती)ची रूपे तयार करताना पुढील नियम पाळावेत. :

१) (') अशा खुणेस apostrophe (ॲपॉस्ट्रॉफी) म्हणतात.

२) एकवचनी नामास 'S ॲपॉस्ट्रॉफी ('S) जोडला असता Possessive case चे रूप तयार होते.

उदा. Mohan's pant; Rajiv's house, Suman's child इ.

३) अनेकवचनी नामांच्या शेवटी s हे अक्षर असल्यास त्यास फक्त (') ही ॲपॉस्ट्रॉफीची खूण जोडल्यास षष्ठीचे रूप तयार होते. उदा. Cows' legs, Boys' books, Ladies' umbrellas.

४) अनेकवचनी नामांच्या शेवटी S हे अक्षर नसल्यास त्यास 's अशी खूण जोडली की षष्ठीचे रूप तयार होते. उदा. Children's song, Men's pens.

५) षष्ठी विभक्तीची रूपे करताना ('s) (') ॲपॉस्ट्रॉफीची ही खूण फक्त प्राणिवाचक (सजीव) नामांनाच लावतात. निर्जीव वस्तूंच्या बाबत व वनस्पतींच्या नावांना apostropheची खूण लावत नाहीत. निर्जीव वस्तूंसंबंधी षष्ठी विभक्तीचा अर्थ दाखविणे झाल्यास 'of'चा वापर करतात.

उदा. ceiling of a room,
colour of a house,
pages of a book,
legs of a chair,
leaves of a tree,
handle of a cupboard,
box of books इ.

६) व्यक्तींविषयी apostrophe चे चिन्ह वापरून षष्ठी योजता येते. उदा. Patel's house, Mohan's book.

७) माणसांशिवाय इतर प्राण्यांसंबंधी apostrophe वापरून षष्ठी दर्शविली जाते. उदा. a lion's teeth, a bird's nest.

८) व्यक्तींसारखे वर्णन केलेल्या (personified) वस्तूंबाबत उदा. Pakistan's leaders, Death's hand.

९) Time (काल), space (अवकाश), weight (वजन) व्यक्त करणाऱ्या नामांबाबत apostrophe चा वापर करतात व षष्ठी दर्शवितात.

उदा. Time : Morining's incident, a month's pay.
Space : a stone's throw; a hair's colour.
Weight : a kilogram's weight, a ton's weight.

१०) काही dignified विशेष गोष्टींबाबत बोलावयाचे झाल्यास apostrophe वापरून षष्ठीचे रूप तयार करतात.

उदा. The moon's rays. Nature's mood, Heaven's will, इ.

5) Vocative (संबोधन)

या विभक्तीला Nominative of Address असेही संबोधतात. एखाद्या व्यक्तीवर किंवा Personified वस्तूला उद्देशून बोलणे एवढ्या मर्यादेपुरताच या विभक्तीचा उपयोग होतो. या संबोधन विभक्तीमध्ये असलेल्या शब्दाचा वाक्यातील इतर शब्दांशी संबंध नसतो; तो इतर शब्दांपासून स्वल्पविराम (Comma) घालून वेगळा दाखवितात. वाक्यात संबोधन प्रथम आले तर त्यानंतर स्वल्पविराम (Comma), शेवटी आले तर त्याच्या आधी स्वल्पविराम (Comma), व दिलेल्या वाक्याच्या मध्येच जेव्हा संबोधन असलेला शब्द येतो तेव्हा त्या शब्दाच्या दोन्ही बाजूला स्वल्पविराम (Comma) घालतात, पुढील वाक्ये पाहा.

1) **God**, save me.
2) **Neeta**, bring that umbrella here.
3) Come to my house, **Suhas**.
4) Oh **young boy**, where are you going?
5) Come here, **Veena**, and sing a song.
6) Save me, **doctor**.
7) I have not taken any food, **doctor**, still I feel uneasy.

वरील वाक्यांत जाड अक्षरांतील शब्द संबोधन विभक्तीत आहेत हे लक्षात घ्या आणि स्वल्पविराम (Comma) कोठे घातले आहेत ते लक्षात घ्या.

Exercise

खालील वाक्यांतील Nominative, Accusative, Dative, Genitive, आणि Vocative विभक्तींतील नामे शोधून काढा.

1) I read this book.
2) Mohan took an umbrella.
3) You eat a cake.
4) Open your umbrella.
5) Smita, write a letter.
6) I know, Sir, my fault.
7) Oh God, what should I do?
8) I took Mohan's book.
9) He gave me this pen.
10) Suhas gave Seeta a pencil.
11) Fetch the boy a book.
12) Get me a toy.

9. PRONOUNS

Pronouns are words which we use instead of Nouns. (नामांबद्दल येणाऱ्या शब्दांना सर्वनामे म्हणतात.)

(I) Personal Pronouns :

A Personal Pronoun is one used of persons, showing by its form whether it denotes the person speaking, the person spoken to, or the person spoken about.

Form A : Subject Pronouns are :

PERSON	SINGULAR (एकवचन)	PLURAL (अनेकवचन)
First person (प्रथम पुरुष)	I (मी)	We (आम्ही)
Second person (द्वितीय पुरुष)	You (तू)	You (तुम्ही)
Third person (तृतीय पुरुष)	He (तो)	They (ते)
	She (ती)	They (त्या)
	It (ते)	They (ते)

Examples :

The man is happy. **He** is laughing.

Seeta sings well. **She** gets joy.

The women are present there. **They** are working.

The cat is in a kitchen. **It** is drinking milk.

Form B : Forms of personal pronouns used as objects of verbs.

Study the following examples of Object Pronouns.
Mohan saw **her**.
Seeta saw **me**.
Sunita is beating **him**.
Those people met **us**.
Men beat **them**.

Here are the forms used as the Subject and the object Pronouns :

SINGULAR (ए. व.)		PLURAL (अ. व.)	
Subject	**Object**	**Subject**	**Object**
I	me	We	us
you	you	you	you
he	him		
she	her	they	them
it	it		

(II) Possessive Pronouns :

पुढील उदाहरणे पाहा.

उदा. १. This is **my** pen.

2. This pen is **mine**.

वरील दोन्ही वाक्यांचा अर्थ एकच आहे; पण व्याकरणदृष्ट्या त्यांमध्ये फरक आहे. पहिल्या वाक्यात 'my' हे possessive adjective (विशेषण) आहे; तर दुसऱ्या वाक्यात 'mine' हे possessive pronoun (सर्वनाम) आहे.

These are the Possessive Adjectives and the Possessive Pronouns

POSSESSIVE ADJECTIVES	**POSSESSIVE PRONOUNS**
my	mine
your (singular)	yours (singular).
his	his
her	hers
its	its
our	ours

your (plural)	yours (plural)
their	theirs.

* हे लक्षात घ्या की येथे ॲपॉस्ट्रॉफी (') चा वापर केलेला नाही.
It's असे लिहिले तर त्याचा अर्थ It is असा होतो.
* **One's** is the possessive adjective of the pronoun one.
its a possessive Pronoun क्वचितच आढळते?

Possessive pronouns replacing possessive adjectives and nouns.

(A) This is our room or This room is ours.
This is their building. That building is theirs too.
You've got my umbrella.
You're using mine. Where's yours?

(B) of mine म्हणजे 'one of my' इ.
a friend of mine = one of my friends.
a sister of hers = one of her sisters.

(III) Reflexive Pronouns :

Reflexive use म्हणजे स्वत:ची स्वत:वरच एखादी क्रिया होणे.
उदा. I hurt myself. They hurt themselves. इ.
अशा प्रकारच्या वाक्यांमध्ये क्रिया करणारा (कर्ता) Subject व ज्याच्यावर क्रिया घडली ते Object (कर्म) एकच असतो.
Emphatic Use म्हणजे स्वत:च. अशा वाक्यात subject (कर्ता) बाबत जोर (emphasis) देऊन विधान तयार करण्यात येते.

She **herself** did it. (तिने ते स्वत:च केले.)
* The Reflexive Pronouns are :

SINGULAR (ए.व.)	PLURAL (अ.व.)
myself	ourselves
yourself	yourselves
himself	
herself	themselves
itself	

(i) Reflexive pronouns are used when the Subject and the Object of a verb are the same.

e.g. Seeta fell down and hurt **herself**.
Raju was tired of studies, so he left the school **himself**.
The children lost **themselves** in the forest.
A baby cannot dress **itself**.

(ii) Reflexive Pronouns may be used after prepositions.

e.g. Vandana looked at **herself** in the mirror.
That old man has lived by **himself** for fifty years.
He lives in that room alone and often talk to **himself**.
Do you ever laugh at **yourself?**

(iii) Reflexive Pronouns may also be used when we wish to make that a certain person or thing is meant : (एखादी व्यक्ती अथवा एखादी गोष्ट स्पष्टपणे सांगायची इच्छा असल्यास आपण Reflexive Pronounsचा वापर करतो.) पुढील उदाहरणे पाहा :

I repaired the car **myself** (nobody helped me असे येथे स्पष्ट करावयाचे आहे.)

Or I **myself** repaired the car.

She prepared the cake **herself**. (without anybody's help)

I saw the Minister **himself**. (not his Secretary, or anyone in a lower position).

ह्यावरून Personal Pronounsच्या रूपांना एकवचनात self व अनेकवचनात selves पुढे घालून Reflexive Pronouns किंवा Emphatic Pronouns तयार होतात. अशी रूपे होताना प्रथम व द्वितीय पुरुषी Possessive form च्या पुढे self किंवा selves येते. उदा. I – myself, we – ourselves, इ.

Note : A reflexive pronoun cannot be used alone. It must refer to someone or something.

(IV) Demonstrative Pronouns : (दर्शक सर्वनामे)

This, that ही एकवचनी आणि these, those ही अनेकवचनी दर्शक सर्वनामे. त्यांना इंग्रजीत Demonstrative Pronouns म्हणतात. व्यक्ती किंवा

वस्तू दर्शविणारी म्हणून दर्शक सर्वनामे.

पुढील उदाहरणे पाहा.

This is an umbrella. ही छत्री आहे.

That is a boy. तो मुलगा आहे.

These are my relatives. हे माझे नातेवाईक आहेत.

Those are nice books. ती छान पुस्तके आहेत.

लक्षात घ्या प्रत्येक सर्वनाम तिन्ही लिंगांमध्ये वापरता येते; हे पुढील अर्थावरून लक्षात येईल.

This – हा, ही, हे (नपु. ए.व.); These – हे, ह्या, ही (नपु. अनेक व.)

That – तो, ती, ते. (नपु. ए.व); Those – ते, त्या, ती (नपु. अनेक व.)

ह्या दर्शक सर्वनामांपुढे लगेच जर नाम आले तर ते दर्शक विशेषण (Demonstrative Adjective) होते.

उदाहरणार्थ, **This** is a girl. – दर्शक **सर्वनाम**

This girl is intelligent. – दर्शक **विशेषण**

That is a mango. – दर्शक **सर्वनाम**

That mango is ripe. – दर्शक **विशेषण**

(V) Relative Pronouns : (संबंधी सर्वनामे)

Who, which, what, that, whom, whose, ही सर्व Relative Pronouns (संबंधी सर्वनामे) आहेत. ती जोडवाक्यात सर्वनाम आणि उभयान्वयी अव्यय अशा दोन भूमिका करतात. हे कसे ते पुढील उदाहरणांवरून पाहू.

These are the people whom we saw in the shop. येथे These are the people आणि We saw in the shop ही दोन्ही वाक्ये whom ने जोडली गेली आहेत. Whom हे संबंधी सर्वनाम आहे. संबंधी सर्वनामाचा संबंध ज्या नामाशी असतो त्याला त्या सर्वनामाचे पूर्वगामिक (Antecedent) असे संबोधतात. वरील वाक्यात whom चे पूर्वगामिक (Antecedent) 'people' हे आहे. Who, whom, whose ही सर्वसामान्यपणे व्यक्तींसाठी वापरतात, तर which हे निर्जीव वस्तू व प्राणी यांसाठी वापरतात, आणि that हे व्यक्ती व वस्तू या दोहोंसाठी वापरतात. 'what' हे, पूर्वगामी शब्द अध्याहृत असताना वापरतात. आता, आणखी स्पष्टीकरणासाठी पुढील वाक्ये नीट लक्षपूर्वक अभ्यासा :

Which : Finish the picture **which** you started yesterday.
That : This is the doctor **that** I spoke about.
That : This is the radio **that** my uncle purchased.
Who : The boy **who** is studious is liked by all.
Whom : There are the friends about **whom** I was talking.
Whose : This is a girl **whose** mother was a great singer.
Which : The letters **which** I expected have come.
Which : A dog **which** barks seldom bites.
What : He gave me **what** I asked for.

Note : Who is the nominative case. **Whom** is the objective case of relative persons. ही दोन्ही सर्वनामे व्यक्तींसाठी वापरतात.

Which हे फक्त वस्तूंसाठी वापरतात – 'which' has the same form for both nominative and objective cases.

That हे व्यक्ती आणि वस्तू या दोहोंसाठी वापरतात. That has the same form for both nominative and objective case.

(VI) Interrogative Pronouns : (प्रश्नार्थक सर्वनामे)

प्रश्नार्थक वाक्यांमध्ये आपण who (कोण), whose (कोणाचा), whom (कोणाला), which (कोणता), what (काय) ह्या सर्वांना Interrogative Pronouns असे म्हणतो.

The Pronouns which are used for asking questions are interrogative Pronouns.

पुढील उदाहरणे पाहा.
Who has done this?
What is your name?
Whose is this pen?
Which is the building?
Which do you like, radio or T.V.?
What is wrong with you?
Whom did you meet?
Of **whom** do you speak?

Note :
Who is used of **persons** only.
Which is used of both **persons** and **things.**
What is used of **things** only.

Compound Interrogative Pronouns. (संयुक्त प्रश्नार्थक सर्वनामे)

whichever, whoever, whatever ही Compound Interrogative Pronouns आहेत. उदाहरणार्थ,

Whatever are you doing?
Whoever informed you so?
Whichever way you go?

(VII) Distributive Pronouns : (वियोजक सर्वनामे)

Each , either, neither are called Distributive Pronouns because they refer to persons or things one at a time.

Each,either, neither या सर्वनामांनी एका वेळी एकाच व्यक्तीचा किंवा वस्तूचा बोध होतो. म्हणून त्यांना Distributive Pronouns असे म्हणतात. साहजिकच त्यांचे क्रियापद नेहमी एकवचनी असते.

उदा. Each has to do this work.

परंतु Either किंवा Neither यांचा उपयोग करताना एकूण दोनच व्यक्ती किंवा दोन वस्तू यांचा उल्लेख करणे भाग पडते.

उदा. Either Sunita or Vilas must have done this.

लक्षात ठेवा : Each is used to denote every one of the number of persons or things taken singly.

Either means the one or the other of two.

Neither means not the one nor the other of two. It is the negative of either.

(VIII) Indefinite Pronouns : (अनिश्चित सर्वनामे)

One, none, all, some, somebody, nobody, few, many, any other, others, anybody वगैरे सर्वनामे निश्चित व्यक्ती किंवा वस्तू यांचा उल्लेख करीत नाहीत. त्यांचा सर्वसामान्यपणे उल्लेख करतात. म्हणूनच त्यांना अनिश्चित सर्वनामे (Indefinite Pronouns) म्हणतात. पुढील उदाहरणे नीट अभ्यासा.

One hardly learns how to behave properly.
One does not like to work hard.
One must try again and again to get success.
None of his songs are popular.
All were punished.
Some know this matter.
Some are born great.
Somebody has played mischief in this matter.
Nobody was present at this occasion.
Few took part in this drama.
Many of them ran afterwards.
She did not see **any** of the gundas again.
One or **other** of us will be present.
Do good to **others.**

Exercise

Find out the pronouns from the following sentences. State the kind of the pronouns. (पुढील वाक्यांतील pronouns शोधून काढा आणि प्रत्येकाचा प्रकार सांगा.)

1) Is this what you asked for?
2) I spoke to Suhas and Mina themselves.
3) Who is going to open the door?
4) She knows many things.
5) Is there anything I can do?
6) Somebody has been here.
7) Whom will you invite to your party?
8) I went to the movies.
9) What is happening over there?
10) Please pass me a few.
11) Suhas looked at himself in the mirror.
12) I want those boys.
13) That is the dog I want.
14) You look tired.
15) It was I who called.
16) Mohan wants us to come home for dinner.

17) We students complained about the home-work.
18) Somebody has been here.
19) We had to chose from among several games.
20) Whose coat is that?
21) This book is mine.
22) Do you wish to go with him?
23) Would you please tell us a story ?
24) Theirs is the first house on the left.
25) Is this what you asked for?
26) Sunil and he went to the game.
27) Someone left a book on the desk. Was it you or he?
28) Why doesn't anyone ever listen to us?
29) To whom do you wish to speak?
30) Uncle Mohan and Aunt Sunita sent me a lovely birthday card.
31) The yellow sweater is yours.
32) Which is the proper way?
33) The wind shifted its direction.
34) There is the girl who lives next door.
35) Whose dog was barking last night?

10. ADJECTIVES

PART I

Adjectives are words which tell something about Nouns. (नामांबद्दल विशेष माहिती सांगणाऱ्या शब्दाला विशेषणे म्हणतात.)

e.g.This is a tall building. या वाक्यात building या नामाबद्दल tall (उंच) हा शब्द विशेष माहिती देतो. म्हणून tall हे adjective (विशेषण) आहे.

KINDS OF ADJECTIVES

(i) Adjectives of Quality (गुणविशेषणे)

Adjectives of quality tell us what kind of a noun we are talking about. नामाने दर्शविलेली वस्तू, प्राणी किंवा व्यक्ती कोणत्या गुणाने युक्त आहे हे सांगणाऱ्या विशेषणांना आपण गुणविशेषणे (Adjectives of Quality) असे संबोधितो.

Examples : clever, good, fat, golden, heavy, tall, etc.

1) A horse is a **faithful** animal.
2) Seeta is a **good** girl.
3) Gopalrao is an **honest** man.
4) I like a **sweet** mango.

(ii) Demonstrative Adjectives (दर्शक विशेषणे)

Demonstrative Adjectives demonstrate which one of two or more things a person is talking about. वस्तूंचा, प्राण्यांचा, अथवा व्यक्तींचा निर्देश करण्याकरिता योजलेल्या शब्दांना Demonstrative Adjectives (दर्शक विशेषणे) असे म्हणतात.

Examples : this, that, these, those, etc.

1) **This** umbrella is quite new.

2) **These** people come from that hotel.
3) I like **that** mango.
4) **Those** women are here.

(iii) Quantitative Adjectives (परिमाणवाचक अथवा संख्यावाचक विशेषणे)

Quantitative Adjectives or Adjectives of quantity answer the question : How many or how much? (नामांनी निर्देश केलेल्या वस्तूंचे माप म्हणजेच परिमाण दर्शविणाऱ्या विशेषणांना Quantitative Adjectives (परिमाणवाचक विशेषणे) म्हणतात. थोडक्यात म्हणजे किती? या प्रश्नाला उत्तर देणारी.)

Examples : any, some, many, much, little, few, no, one, twenty, etc.,
1) I want to see **many** pictures.
2) I haven't **any** matches.
3) There are **thirty-one** men.

(iv) Interrogative Adjectives (प्रश्नार्थक विशेषणे)

Interrogative Adjectives are used with nouns to ask question. The interrogative adjectives used are - What, Which and Whose. (प्रश्न विचारण्यासाठी जेव्हा नामांबरोबर what, which, whose हे शब्द वापरले जातात तेव्हा त्यांना Interrogative Adjectives (प्रश्नार्थक विशेषणे) असे म्हणतात.)

Examples : which, what, whose
1) **What** answer do you get?
2) **Which** colour do you like?
3) **Whose** pen is this?

(v) Distributive Adjectives (विभागणी करणारी विशेषणे)

Distributive Adjectives point out each one of a number of things. (Distribute Adjectives अनेकातून प्रत्येक जण दाखवितात.)
Examples : each, every, either, neither
1) **Each** boy took his notebook.

2) **Every** word in his speech was important.
3) I shall be happy in **either** room.
4) **Neither** newspaper tells the truth.

(vi) Possessive Adjectives (संबंधी विशेषणे)

The Adjectives which show possession are called Possessive Adjectives. ज्या शब्दांच्या साहाय्याने वस्तू कोणाच्या मालकीच्या आहेत असे दाखविले जाते त्या शब्दांना Possessive Adjectives (संबंधी विशेषणे) म्हणतात.

Examples : my, your, his, her, its, our, your, their
1) **My** book is on that table.
2) **Their** pens are lying there.
3) **Her** purse is lost.
4) **Your** brother is not here.
5) A bird is in **its** nest.

(vii) Emphasizing Adjectives (परिणामदर्शक विशेषणे)

Emphasizing Adjectives are used to give more emphasis. Words Own and Very are used for this purpose. [परिणाम दर्शविण्यासाठी जेव्हा नामाबरोबर own, very हे शब्द जोडले जातात तेव्हा त्यांना Emphasizing Adjectives (परिणामदर्शक विशेषणे) असे म्हणतात.]
Examples : own, very
1) That is his **own** building.
2) This is the **very** book, I want.
3) We saw the thief with our **own** eyes.

PART II

FORMATION OF ADJECTIVES

Adjectives can be formed by adding 'AL', 'OUS', 'FUL', 'IC', 'TIC', 'IVE', 'ABLE', 'LY', 'Y', 'ARY', 'ORY', 'ENT', 'ANT', etc. to the various nouns e.g. Air-airy; beauty-beautiful; caution-cautious; Asia-Asiatic; body-bodily; culture-cultural; defect-defective, fortune-fortunate; fame-famous; greed-greedy; haste-hasty; eat-eatable; origin-original; office-official; music- musical;

man-manly; period-periodic; race-racial; star-starry; war-warlike; use-useful; etc.

PART III

ADJECTIVES चा योग्य अर्थाने उपयोग

1) Each, Every :

Each आणि Every ह्यांचा अर्थ जवळजवळ एकच आहे, परंतु Every हे विशेषण Each पेक्षा जास्त बलवत्तर आहे. Every म्हणजे अपवादाशिवाय (प्रत्येक जण). Each हे दोन किंवा अधिक गोष्टींपैकी प्रत्येक असे दाखविण्यासाठी वापरतात; तर Every हे दोहोंपेक्षा जास्त गोष्टींपैकी प्रत्येक गोष्ट दर्शविण्यासाठी दाखवितात. Each हे मर्यादित व नक्की अर्थाने वापरतात तर Every हे अनिश्चितता दाखविते.

उदा. – We played cricket every day during Diwali vacation.
Each girl was given an opportunity to play in the team.

2) Little, A little, The Little :

(i) Little : हे 'जवळजवळ नाही' या अर्थी वापरतात.

उदा. – There is little chance of winning the match. म्हणजेच Winning the match is not likely.

There is little tea in the jar म्हणजेच There is practically no tea in the jar.

(ii) A Little : A little म्हणजे थोडे तरी some पण 'not much' फारसे नव्हे. ह्याला होकारार्थी अर्थ आहे.

उदा. – There is a little tea in the jar.
She gave me a little food.

(iii) The Little : 'The little' म्हणजे not much, but all that is there.

उदा. – The little money she offered me was not sufficient.
The little food Hari gave me was not satisfactory.

3) Few, A Few, The Few :

(i) Few : 'Few' म्हणजे जवळजवळ नाही, hardly any. ह्याला नकारार्थ आहे.

उदा. – Few people were present there.
Few men in India are honest.

(ii) A Few : 'A few' म्हणजे 'at least some' होकारार्थी वापरतात.

उदा. – A few people were present there.
A few men in India are honest.

(iii) The Few : 'The Few' म्हणजे not many but all that are there.

उदा. – The few things we had were attractive.
The few gardens we have are not beautiful.

4) Some, Any :

(i) Some : 'Some' हे परिमाण किंवा प्रमाण व्यक्त करण्यासाठी होकारार्थी वाक्यात वापरतात.

उदा. – I have some toys with me.
They brought some mangoes for me.

(ii) Any : Any हे परिमाण किंवा प्रमाण व्यक्त करण्यासाठी नकारार्थी किंवा प्रश्नार्थक योजतात. त्याचा अर्थ 'बहुधा नाही' अशा स्वरूपाचा असतो.

उदा. – They will not buy any books in the exhibition.
Have you got any books with you?

टीप : Few हे संख्यावाचक आहे तर little हे संख्येत मोजता न येणारे परिमाणवाचक ाहे.

उदा. – थोडेसे दूध – little milk
थोडे लोक – few people

Exercises

Exercise - 1

Find out the adjectives from the following. Also state the kind of adjective.

1) I saw many people there.
2) She is a clever girl.
3) Some men will come there.
4) I have taken her book.
5) I did not like the dirty kitchen.
6) Thirtyone boys are present in the class.
7) Is there any boy without book?
8) Few people did not like his opinion.
9) Give me a little milk.
10) Sincere students get good marks.
11) Every man present there was hard-working.
12) Whose coat is this?
13) Which book do you want ?
14) What answer do you expect ?
15) This man is dishonest.
16) Those girls will dance on the stage.
17) That radio is costly.
18) I shall like either book.
19) Neither examination is easy.
20) I cannot forget her sweet song.

Exercise - 2

Complete the following table by putting the following words in the right column :

dirty, some, her, own, those, seven, nice, either, few, where, that, dishonest, every, neither, whose, faithful, their, very, its.

ADJECTIVES

Emphasizing Adj.	Adj. of quality	Demonstrative Adj.	Quantitative Adj.	Distributive Adj.	Interrogative Adj.	Possessive Adj.

Exercise - 3

Name the kind of the following adjectives :

dull, twenty, their, its, whose, blue, many, dishonest, those, neither, each, few.

Exercise - 4

Fill in the blanks with proper words from the following :

Any, every, each, few, little.

1) ________ boy did his home-work.
2) He examined ________ person.
3) ________were present there.
4) I know ________ of it.
5) I cannot do ________ home-work today.
6) There was ________ milk in the jar.

Exercise -5

Form Adjectives from the following nouns :

fame, office, star, haste, period, sincerity, woman, caution, defect, hand, seriousness, length, music, worth, war, victory, use, friend, harm, depth, child.

11. VERBS

कोणत्याही भाषेत 'क्रियापदे' ही अतिशय महत्त्वाची असतात, कारण त्यांच्याशिवाय वाक्य अर्थपूर्ण होत नाही.

Verbs describe an action. They usually tell us what a person is doing. व्यक्ती किंवा वस्तू यांच्याविषयी काहीतरी विधान करणाऱ्या एका शब्दास किंवा शब्दसमूहास क्रियापद म्हणतात. क्रियापद हा वाक्यातील सर्वांत प्रमुख घटक आहे. नामे, सर्वनामे, क्रियाविशेषणे इत्यादींशी ह्याचा कोणत्या ना कोणत्या रूपाने प्रत्यक्ष संबंध असतो. क्रियापद एका शब्दाचे, दोन शब्दांचे, तीन शब्दांचे किंवा चार शब्दांचे असू शकते. पुढील उदाहरणे पाहा.

Sunita **eats** a mango. (एका शब्दाचे)

Vilas **is writing** an essay. (दोन शब्दाचे)

Mina **has been learning** sitar since July, 1988. (तीन शब्दांचे)

Vinod's brother **might have been killed** in the accident. (चार शब्दांचे)

Verbs tell us about doing. They express action or a state of being. Each sentence must contain a verb. A verb is limited by the number and the person of the subject.

Kinds of verbs : 1) Transitive (सकर्मक) 2) Intransitive (अकर्मक) 3) Auxiliary (साहाय्यक)

(I) Transitive Verbs :

कर्त्याची क्रिया कोणावर, कशावर घडली हे सांगणारा शब्द म्हणजे Object (कर्म). कर्माची जरूरी (अपेक्षा) असणाऱ्या क्रियापदास Transitive verb (सकर्मक क्रियापद) म्हणतात. पुढील उदाहरण पाहा.

Sunita eats म्हटले तर अपेक्षित अर्थ पूर्ण होत नाही. अर्थ पूर्ण होण्यासाठी 'काय खाते' (eats what) याचे उत्तर द्यावे लागते. 'a mango' असे (काहीतरी) उत्तर त्यापुढे आल्यावर वाक्याचा अर्थ पूर्ण होतो. म्हणून 'a mango' हे object (कर्म) आणि 'eat' हे transitive verb (सकर्मक क्रियापद) होय. अशा सर्व क्रियापदांना What किंवा Whom ने प्रश्न विचारून येणारे उत्तर हे object (कर्म) असते.

Complement (पूरक) : परंतु काही एककर्मी क्रियापदे अशा रीतीने वाक्यात येतात की पुढे कर्म येऊनही दिलेल्या वाक्याचा अर्थ अपुराच राहतो व एखादा पूरक शब्द (complement) घातल्यावर त्या वाक्याचा अर्थ पूर्ण ठरतो. उदाहरणार्थ : They made him king. येथे They made him ने वाक्याचा अर्थ पूर्ण होत नाही. म्हणून 'king' असा (एखादा योग्य) पूरक शब्द घालावा लागतो. त्यास पूरक (complement) म्हणतात.

A verb is called Transitive when it is followed by an Object. Only verbs which are Transitive can have a Passive (कर्मणी) form.

(II) Intransitive Verb : (अकर्मक क्रियापद)

क्रिया कर्त्यापाशीच थांबते, तेव्हा क्रियापद Intransitive (अकर्मक) असते. ज्या वेळी क्रियापदाला what किंवा whom याचे उत्तर देणाऱ्या शब्दाची अपेक्षा नसते तेव्हा ते अकर्मक (Intransitive) असते. उदा. – flow, go, sleep, blow, run.

The water flows. Cotton grows in Egypt.

A verb is called Intransitive when it has no object.

VERBS of the Incomplete Predication :

See the following sentences :

1. The boy sleeps.
2. The boy seems happy.

In the above sentences, you will mark that the verbs are Intransitive.

But when I say 'The boy sleeps'. I do make complete sense. अर्थ पूर्ण होतो.

When I say 'The boy seems' I do not make complete sense. अर्थ पूर्ण होत नाही.

The Intransitive Verb **'seems'** requires a word (i.e. happy) to make sense complete. Such a verb is called a Verb of Incomplete

Predication.

The word happy, which is required to make the sense complete, is called the Complement of the verb.

Complement हे सर्वसाधारणपणे Noun किंवा Adjective असते.

काही काही सकर्मक क्रियापदांना कर्म असूनही अर्थ पूर्ण होण्यासाठी Complement (पूरक) ची गरज असते.

उदा. The jury found him <u>guilty.</u>

They thought him a <u>thief.</u>

They chose him their <u>leader.</u>

12. MOOD

Def : Mood is the mode or manner in which the action denoted by the Verb is represented. [क्रियापद ज्या रितीने (म्हणजे साधे विधान करण्यासाठी, आज्ञा, विनंती करण्यासाठी, संभव/शक्यता दाखविण्यासाठी) वापरलेले असते, त्या रितीला क्रियापदाचा mood असे म्हणतात.]

There are three Moods in English: Indicative, Imperative, Subjunctive.

INDICATIVE MOOD (विधानार्थ)

क्रियापदाचा Indicative mood खालील बाबतीत असतो.

(1) In a statement of Fact. (एखादे विधान असते तेव्हा.)
उदा. He studies regularly.

(2) In questions : (प्रश्नांमध्ये)
उदा. Have you got the address?
Are you coming?

(3) In expressing a supposition which is assumed as a fact : (एखादी गृहीत धरलेली गोष्ट सांगितलेली असते तेव्हा.)
उदा. If he comes, I shall play. (तो येणार हे गृहीत धरून.)
If he will work hard, I shall give him a present. (तो खूप काम करेल असे गृहीत धरून.)

थोडक्यात, एखादे विधान, एखादा प्रश्न, अथवा एखादी गृहीत धरलेली गोष्ट यांमध्ये जे क्रियापद असते ते indicative mood मध्ये असते; किंवा त्या क्रियापदाचा indicative mood असतो.

IMPERATIVE MOOD (आज्ञार्थ)

पुढील प्रकारच्या वाक्यातील क्रियापदे Imperative Mood मध्ये असतात.

(1) A Command (आज्ञा)

उदा. Come in.

Do this now.

(2) An exhortation (कळकळीचा उपदेश किंवा कानउघाडणी)

उदा. Be regular in your studies.

Don't waste time like this.

(3) An entreaty or prayer (विनवणी)

उदा. Have mercy upon us.

थोडक्यात म्हणजे विनंती, आज्ञा, उपदेश यांपैकी काही व्यक्त करणारी क्रियापदे Imperative Mood मध्ये असतात.

SUBJUNCTIVE MOOD (संशयार्थ)

क्रियापदाचा Subjunctive Mood पुढील बाबींत असतो.

(1) ('wish' क्रियापदानंतर विरोधक गोष्टींसाठी) After the verb 'wish' a verb showing contrary or unreal things.

उदा. I wish I were a businessman. (I don't want to be a businessman).

(2) In traditional phrases, to express a wish or hope : (इच्छा किंवा आशा व्यक्त करण्यासाठी नित्याचे शब्दसमुदाय वापरतात तेव्हा.)

उदा. May God help you!

Long live the king!

(3) After if when a verb expresses improbability. ('if' नंतर न होण्यासारखे होणार हे दाखविलेले असेल तर)

उदा. if I were you, I would not have tolerated.

(4) When a verb used after 'as if' / 'as though' shows unreality.)
('as if' किंवा 'as though' नंतर असत्य बाब दाखविलेली असते तेव्हा.)

उदा. He orders me as if I were his servant.

He runs as though he were mad. (पण तो वेडा नाही.)

थोडक्यात सांगावयाचे म्हणजे एखादी असत्य अथवा न होणारी गोष्ट विरोधी स्वरूपात सांगणाऱ्या क्रियापदाचा Subjunctive mood असतो.

Exercises

Find out the Mood denoted in the following sentences :

1) Are you regular in studies?
2) The earth moves round the sun.
3) Note this.
4) Don't argue with me.
5) May God bless you !
6) Man proposes, God disposes.
7) Please help me at this hour.
8) Be wise.
9) Stop smoking cigarettes.
10) Is it fair?
11) Go and bring me a cup of tea.
12) Remember this well.
13) The poor should be helped.
14) If I were you, I would not allowed.
15) If we started now we would be in time.
16) God save the King!
17) Have mercy upon us.
18) Be steady.
19) Have patience.
20) If it rains, I shall stay at home.
21) Suhas goes to school daily.
22) He writes neatly.
23) Try to do better.
24) I go to Pune every month.
25) I wish I were a millionaire.

13. TENSES

Different forms of the same verb refer to different time, such as present, past or future. The verb is said to be **in the present tense**, or **in the past tense** or **in the future tense** according as it refers to the present time, past time or future time.

Each of the above these tenses has different forms.

नामाची क्रिया सांगणाऱ्या शब्दास क्रियापद (verb) म्हणतात. एकाच क्रियापदाची वेगवेगळी रूपे वेगवेगळे काळ दर्शविण्यासाठी वापरतात. वर्तमानकाळ, भूतकाळ व भविष्यकाळ असे काळाचे तीन प्रमुख प्रकार आहेत.

प्रथम आपण साध्या वर्तमानकाळाचा विचार करू. (Simple Present Tense)

1. Simple Present Tense (साधा वर्तमानकाळ) : मी (I) या प्रथम पुरुषवाचक सर्वनामाच्या पुढे क्रियापदाचे मूळ रूप ठेवले की वर्तमानकाळी प्रथम पुरुषी (first person) एकवचनाचा अर्थ होतो.

उदा. I write now.

Present Tense shows action occurring in the present time.

इंग्रजीमध्ये लिंगाप्रमाणे क्रियापदाचे रूप बदलत नाही. मराठीमध्ये मात्र ते बदलते. उदाहरणार्थ, मराठीमध्ये आपण म्हणतो; ती काम करते, मी काम करतो, त्या काम करतात, तुम्ही काम करता. सीता काम करते, मोहन काम करतो, ते लोक काम करतात. म्हणजे येथे 'करणे' या क्रियापदाची रूपे कर्त्याप्रमाणे व त्याच्या लिंगाप्रमाणे बदलली आहेत. परंतु, इंग्रजीमध्ये I work, Seeta works. Suhas works, They work, You work. इ.

Simple Present वापरताना आपण प्रथमपुरुषी व द्वितीय पुरुषी एकवचनी व अनेकवचनी क्रियापदांच्या रूपात बदल करत नाही. तसेच तृतीय पुरुषी अनेकवचनी

क्रियापदांचे रूपही बदलत नाही. परंतु वर्तमानकाळी तृतीय पुरुषी एकवचनी रूप तयार करताना क्रियापदाला s हा प्रत्यय लावणे आवश्यक आहे. अर्थात, हा प्रत्यय लावताना पुढील नियम लक्षात ठेवा.

क्रियापदाचे शेवटचे अक्षर जर s, sh, ch, z किंवा o असेल, तर 's' न लावता 'es' लावतात.

उदा. She sings.

परंतु She go**es**.

Sunil catch**es**.

Mina pass**es**.

It push**es**.

क्रियापदाच्या शेवटच्या पूर्वीचे अक्षर व्यंजन असून शेवटचे अक्षर 'y' असेल तर 's' प्रत्यय न लावता 'es' हा प्रत्यय लावावा; आणि तो लावताना y च्या जागी i घालावा.

उदा. It fl**ies.** A child cr**ies**

पुढे 'sing' हे क्रियापद Simple present tense मध्ये चालवून दिले आहे.

To sing – गाणे

Person (पुरुष)	Singular (एकवचन)	Plural (अनेकवचन)
First Person. (प्रथम पुरुष)	I sing (मी गातो)	We sing. (आम्ही गातो.)
Second Person. (द्वितीय पुरुष)	You sing. (तू गातोस.)	You sing. (तुम्ही गाता.)
Third Person (तृतीय पुरुष)	He sings. (तो गातो.) She sings. (ती गाते.) It sings. (ते गाते.)	They sing. (ते/त्या/ती गातात)

2. Simple Past Tense (साधा भूतकाळ):

Past Tense shows action completed in the past time.

क्रियापदाचे भूतकाळी रूप तयार करताना त्या क्रियापदाला 'ed' हा प्रत्यय लावावा.

उदा. He talk**ed,** I jump**ed,** We moved a table,

You blam**ed** him. It mov**ed**. She jump**ed.**

यावरून, तुमच्या लक्षात आले असेल की क्रियापदाच्या शेवटी 'e' अक्षर असल्यास 'ed' न लावता फक्त 'd' जोडतात. प्रत्ययाबद्दलचा हा नियम पाहिला, तरी अनेक क्रियापदांची भूतकाळाची रूपे 'ed' न लावता, वेगळीच होतात. ती कशी होतात, ते आपण नंतर पाहू. भूतकाळाच्या बाबतीत दुसरी महत्त्वाची गोष्ट म्हणजे सर्व पुरुषांत व दोन्ही वचनांत ती सारखी असतात. पुढे, To talk हे क्रियापद साध्या भूतकाळात चालवून दाखविले आहे. नंतर To sing चालविले आहे. कारण त्याचे भूतकाळी रूप वेगळेच (Sang) होते.

To talk – बोलणे

Person (पुरुष)	Singular (एकवचन)	Plural (अनेकवचन)
First Person (प्रथम पुरुष)	I talked. (मी बोललो.)	We talked. (आम्ही बोललो.)
Second Person (द्वितीय पुरुष)	You talked. (तू बोललास.)	You talked. (तुम्ही बोललात.)
Third Person (तृतीय पुरुष)	He talked. (तो बोलला.) She talked. (ती बोलली.) It talked. (ते बोलले.)	They talked. (ते बोलले./ त्या बोलल्या./ ती बोलली.)

To sing – गाणे

Person (पुरुष)	Singular (एकवचन)	Plural (अनेकवचन)
First Person	I sang.	We sang.
Second Person	You sang.	You sang.
Third Person	He sang. She sang. It sang.	They sang.

ज्या क्रियापदांची भूतकाळी रूपे वेगळीच होतात ती पाठ करणे आवश्यक आहे. पुढे ही भूतकाळी रूपे योग्य त्या प्रकरणात दिली आहेत. ती पाठ करा.

3. Simple Future Tense (साधा भविष्यकाळ) :

Future Tense shows an action that will occur in the future time. क्रियापदाच्या पूर्वी shall व will ही साहाय्यकारी क्रियापदे घातल्यास Simple Future Tense तयार होतो. सर्वसामान्यपणे प्रथम पुरुषाबरोबर येणाऱ्या क्रियापदाच्या पूर्वी shall घालतात, आणि द्वितीय व तृतीय पुरुषाबरोबर येणाऱ्या क्रियापदाच्या पूर्वी will घालतात.

पुढे 'To write' क्रियापद Simple Future tense मध्ये चालवून दिले आहे, ते पाहा.

To write – लिहिणे

I shall write.	We shall write
You will write	You will write
He will write She will write It will write	They will write

टीप : ज्या वेळी निश्चय व्यक्त केला जातो त्या वेळी प्रथम पुरुषाबरोबर येणाऱ्या क्रियापदाबरोबर साधा भविष्यकाळ दाखविण्यास will वापरतात.

उदाहरणार्थ,	I shall do that.	मी ते (कदाचित) करीन.
	I will do that.	मी ते करीनच. (निश्चय)
	We will write	आम्ही लिहूच.

4. Imperfect Present Tense (अपूर्ण वर्तमानकाळ) :

क्रियापदाच्या वर्तमानकाळवाचक धातुसाधिताच्या पूर्वी to be ह्या क्रियापदाचे योग्य रूप घालून क्रियापदाला ing प्रत्यय लावल्यास अपूर्ण वर्तमानकाळ तयार होतो. अपूर्ण वर्तमानकाळ ह्याचा अर्थ क्रिया अजून चालू आहे व ती वर्तमानकाळातील म्हणजे चालू काळातील आताची आहे, असा अर्थ होतो.

तुम्हाला माहीत आहेच की to be ह्या क्रियापदाची वर्तमानकाळाची रूपे am, is, are ही आहेत. उदाहरणे पाहा.

I am talking. मी बोलत आहे.	We are talking. आम्ही बोलत आहोत.
You are talking. तू बोलत आहेस.	You are talking. तुम्ही बोलत आहात.
He is talking. तो बोलत आहे. She is talking. ती बोलत आहे. It is talking. ते बोलत आहे.	} They are talking. ते बोलत आहेत./ त्या बोलत आहेत.

आता 'ing' हा प्रत्यय लावताना असणारे नियम पाहू.

(i) क्रियापदाच्या शेवटच्या पूर्वीचे अक्षर हे व्यंजन असेल आणि शेवटचे अक्षर 'e' असेल तर 'ing' हा प्रत्यय लावताना 'e' लिहीत नाहीत.

उदा. write – येथे t हे व्यंजन आहे व शेवटचे अक्षर e आहे म्हणून writing होणार. I am writing.

(ii) क्रियापदाच्या शेवटी ie ही अक्षरे असली तर ing प्रत्यय लावताना ie च्या जागी y हे अक्षर घालावे.

उदा. die – dying येथे 'ie' बद्दल फक्त एकच अक्षर 'y' घातले व नंतर 'ing' प्रत्यय लावला. lie – lying.

(iii) क्रियापदाचे शेवटचे अक्षर व्यंजन व त्यापूर्वी एकच स्वर असेल तर ते

शेवटचे अक्षर दोनदा लिहावे व नंतर 'ing' लावावे.

उदा. to run येथे 'n' हे व्यंजन आहे आणि त्यापूर्वीचे अक्षर 'u' हा स्वर आहे. म्हणून ing लावताना n दोनदा येईल. running, to win – winning पण To fear चे fearing असे होते.

5. Imperfect Past Tense (अपूर्ण भूतकाळ) :

was आणि were ही to be ह्या क्रियापदाची भूतकाळी रूपे आहेत. ही रूपे क्रियापदाच्या धातुसाधिताच्या पूर्वी घालून 'ing' हा प्रत्यय लावल्यास Imperfect Past Tense (अपूर्ण भूतकाळ) सिद्ध होतो. पूर्वी किंवा भूतकाळात क्रिया चालू होती हे दर्शविण्यासाठी अपूर्ण भूतकाळ वापरतात.

उदा. I was dancing. They were singing.
मी नृत्य करीत होतो. ते गात होते.

To fight – मारामारी करणे

I was fighting.	We were fighting.
You were fighting.	You were fighting.
He was fighting. She was fighting. It was fighting.	They were fighting.

6. Imperfect Future Tense (अपूर्ण भविष्यकाळ) :

क्रियापदाच्या धातुसाधिताच्या पूर्वी shall व will यांपैकी योग्य ते घालून त्यानंतर to be चे रूप घालून क्रियापदाला ing प्रत्यय लावल्यास अपूर्ण भविष्यकाळ (Imperfect Future Tense) सिद्ध होतो.

उदा.

I shall be writing (मी लिहीत असेन.)

They will be singing (ते गात असतील.)

पुढे होणारी क्रिया अपूर्ण आहे हे दर्शविण्यासाठी Imperfect Future Tense घालतात.

To sing – गाणे

I shall be singing.	We shall be singing.
You will be singing.	You will be singing.
He will be singing. She will be singing. It will be singing. }	They will be singing.

7. Present Perfect Tense (पूर्ण वर्तमानकाळ) :

Present Perfect Tense shows an action begun in the past and completed by the present moment.

भूतकाळी एखादी क्रिया सुरू केलेली असेल, आणि ती वर्तमानकाळी संपत असेल तर Present perfect Tense वापरतात.

तसेच भूतकाळी केलेल्या क्रियेचे फळ वर्तमानकाळी सिद्ध होत असेल तर अशा अर्थाने Present Perfect Tense वापरतात.

हा Present Perfect Tense दर्शविण्यासाठी **क्रियापदाच्या भूतकालवाचक धातुसाधिताच्या** पूर्वी to have या साहाय्यकारी क्रियापदाचे योग्य ते रूप घालावे.

Present Perfect Tense shows action begun in the past and continuing up to or through the present moment.

उदाहरणे :

Sunita has taken all the required things.

I have seen the drama that was recently made into a television-programme.

To see – पाहणे

I have seen	We have seen
You have seen	You have seen
He has seen She has seen It has seen }	They have seen

8. Past Perfect Tense (पूर्ण भूतकाळ) :

Past Perfect Tense shows an action that occurred in the past prior to another past action or event.

क्रियापदाच्या भूतकाळवाचक धातुसाधिताच्या पूर्वी To have या साहाय्यकारी क्रियापदाचे भूतकाळाचे योग्य रूप घातले की पूर्ण भूतकाळ (Past Perfect Tense) तयार होतो.

उदा. I had done. मी केले होते.

I had heard good things about you long before I met you.

To write – लिहिणे

I had written.	We had written.
You had written.	You had written.
He had written. She had written. It had written.	They had written.

9. Future Perfect Tense पूर्ण भविष्यकाळ :

Future Perfect Tense shows an action that will have been completed at some future time.

पुढे भविष्यकाळात क्रिया पूर्ण झालेली असेल असे Future Perfect Tense योजल्यास सांगता येते.

Future Perfect Tense साठी I आणि We ह्या कर्त्यांपुढे shall have घालून त्याच्यापुढे भूतकालवाचक धातुसाधित योजावे. तसेच you, he, she, it, they किंवा द्वितीय व तृतीय पुरुषी एकवचनी, अथवा अनेकवचनी कर्ता असता will have योजून त्याच्यापुढे भूतकालवाचक धातुसाधित घालावे.

पुढील उदाहरणे अभ्यासा :

I shall have written – मी लिहिलेले असेन.

Sunanda will have reached – सुनंदा पोहोचलेली असेल.

To speak – बोलणे

I shall have spoken.	We shall have spoken.
You will have spoken.	You will have spoken.
He will have spoken. She will have spoken. It will have spoken.	They will have spoken.

10. Present Perfect Continuous Tense :
चालू पूर्ण वर्तमानकाळ :

The Present Perfect Continuous Tense shows an action which began at some time in the past and is still continuing :

उदा.

Suhas **has been sleeping** for six hours (and is still sleeping).

They **have been playing** since three o'clock.

तृतीय पुरुषी एकवचनी कर्त्यापुढे has been आणि इतर बाबतीत have been व त्याच्यापुढे वर्तमानकाळवाचक धातुसाधिताचे रूप घातले म्हणजे चालू पूर्ण वर्तमानकाळ (persent perfect continuous tense) होतो.

To do – करणे

I have been doing.	We have been doing.
You have been doing.	You have been doing.
He has been doing. She has been doing. It has been doing. }	They have been doing.

11. Past Perfect Continuous Tense : चालू पूर्ण भूतकाळ

The Past Perfect Continuous Tense shows an action that began before a certain point of time in the past and was continuing till that point of time.

उदा. At that time, Mr. Dalvi had been writing a Marathi novel.

कर्त्यापुढे had been व त्याच्यापुढे वर्तमानकाळवाचक धातुसाधिताचे रूप घातले म्हणजे Past Perfect Continuous Tense सिद्ध होतो.

To teach – शिकविणे

I had been teaching	We had been teaching
You had been teaching	You had been teaching
He had been teaching She had been teaching It had been teaching }	They had been teaching

12. Future Perfect Continuous Tense : चालू पूर्ण भविष्यकाळ

The Future Perfect Continuous Tense shows an action represented as being in progress over a period of time and that would be continuing in the future.

उदा.

When he passes the Degree examination, he will have been studying at London.

कर्त्यापुढे shall have been किंवा will have been असे योग्य तऱ्हेने शब्द घालून त्याच्यापुढे वर्तमानकाळवाचक धातुसाधिताचे रूप घातले म्हणजे Future Perfect Continuous सिद्ध होतो.

To go – जाणे

I shall have been going.	We shall have been going.
You will have been going.	You will have been going.
He will have been going. She will have been going. It will have been going.	They will have been going.

Exercises :

१. खालील क्रियापदांची चालू, पूर्ण, भविष्यकाळी रूपे लिहा.

To work, to stand, to sit, to sing, to reach, to talk.

२. खालील क्रियापदांची Imperfect Future Tense ची रूपे लिहा.

To visit, to write, to read, to run, to see, to wait, to sing, to speak.

३. खालील क्रियापदांची Simple Present Tense, Simple Future Tense व Simple Past Tense ची रूपे लिहा.

To write, to stand, to hear, to eat, to wait, to read, to see, to run.

४. खालील क्रियापदांची चालू, पूर्ण वर्तमानकाळी रूपे लिहा.
To make, to stand, to reach, to see, to visit.

5. Choose the correct verb from those in brackets.

(i) Sunil ----------- a strange noise.
(heard, am hearing, have been hearing)

(ii) Sunita ----------- all the evening. (is crying, cries, has been crying).

(iii) Suhas ----------- asleep while he was studying.
(falls, fell, has fallen).

(iv) Veena thanked me for what I -----------
(have done, had done, have been doing.)

(v) I ----------- Suresh, this week.
(didn't see, haven't seen, am not seeing).

(vi) The earth ----------- round the sun. (move, moves, moved.)

(vii) Sunil ----------- me only one letter up to now.
(sent, have sent, has sent, will send.).

(viii) Vina ----------- out ten minutes ago. (has gone, had gone, went).

(ix) It started raining while they ----------- cricket.
(are playing, were playing, had played).

(x) I shall give you a ring on the telephone when he ----------back. (comes, will come, came)

TENSES (काळ) व REVISION (उजळणी)

मुख्य काळ तीन प्रकारचे आहेत :

(i) Present Tense (वर्तमानकाळ), (ii) Past Tense (भूतकाळ), (iii) Future Tense (भविष्यकाळ).

ह्या प्रत्येक काळाचे चार पोटविभाग आहेत. असे एकूण बारा काळ होतात. परंतु नेहमीच्या वापरात असलेले फक्त नऊ काळ आहेत.

	Present	Past	Future
To be ची तीन काळांची रूपे	am, is, are	was, were	shall be, will be
To have ची तीन काळांची रूपे	has, have	had	shall have, will have

पुढे सर्व काळांचा तक्ता दिला आहे तो काळजीपूर्वक अभ्यासा म्हणजे काळाबद्दलच्या संपूर्ण माहितीचे आकलन होईल.

Tense (काळ)	**केव्हा वापरायचा**	**क्रियापदाचे रूप कसे होते**	**उदाहरण**
Simple Present साधा वर्तमानकाळ/ रीती वर्तमानकाळ	दररोजच्या क्रियांसाठी नियमित क्रिया दर्शविण्यासाठी जागतिक सत्य दर्शविण्यासाठी	साधे रूप वापरावे कर्ता तृतीय पुरुषी (third person) असल्यास s किंवा es हा प्रत्यय लागतो.	We play games. The teacher teaches us. The earth is round.
Continuous Present अपूर्ण वर्तमानकाळ	चालू वर्तमानकाळी क्रियेसाठी	am / is / are } नंतर क्रियापदाला ing प्रत्यय लावून	He is studying now. The worker is working now.

Present Perfect पूर्ण वर्तमानकाळ	सध्याची क्रिया पूर्ण दाखविण्यासाठी	has / have } मूळ क्रियापदाचे तिसरे रूप (past participle) घालून	We have just arrived. The train has just left.
Simple Past साधा भूतकाळ	एखादी क्रिया भूतकाळात (पूर्वी) घडलेली असल्यास	मूळ क्रियापदाचे भूतकाळाचे रूप योजून	They went to see cricket match. The artist drew a picture.
Continuous Past चालू भूतकाळ	चालू भूतकाळी क्रिया दर्शविण्यासाठी	was / were } नंतर क्रियापदाला ing प्रत्यय लावून	They were going to Bombay. The artist was drawing a picture.
Past Perfect Tense पूर्ण भूतकाळ	भूतकाळी क्रिया पूर्ण होऊन गेली आहे हे दर्शविण्यासाठी	had नंतर मूळ क्रियापदाचे तिसरे रूप (past participle) घालून	We had gone to Bombay. The artist had drawn a picture
Simple Future साधा भविष्यकाळ	एखादी क्रिया भविष्यकाळी होणार आहे हे दर्शविण्यासाठी	shall किंवा will नंतर मूळ क्रियापद घालून	We shall go to Bombay. The artist will draw a picture.
Continuous Future चालू भविष्यकाळ	भविष्यकाळात अमुक क्रिया चालू असेल हे दर्शविण्यासाठी	shall be / will be } नंतर मूळ क्रियापदाला ing लावून	We shall be going to Bombay. The artist will be drawing a picture.
Future Perfect पूर्ण भविष्यकाळ	भविष्यकाळात अमुक क्रिया पूर्ण होईल हे दर्शविण्यासाठी	will have / shall have } नंतर मूळ क्रियापदाचे तिसरे रूप घालून	We shall have gone to Bombay. The artist will have drawn a picture.

Exercises

Fill in the blanks in the following sentences choosing the verb forms from among those given in brackets :

(1) After she ------------ her lunch, she went to the theatre. (has taken/had taken / taking)

(2) When I reached the station, the train ------------ (departed/ has departed/had departed).

(3) They ------------ that bridge since 1980. (are building/ had been building/ will be building)

(4) I expect he ------------ better next time. (does/ is doing/ will do)

(5) She ------------ here till Sunday. (will stay/ will be staying/stays)

(6) I ------------ for England tonight (am leaving/leave/left)

(7) Suhas ------------ a number of books. (writes/ has written/ having written).

(8) 'Money is what money ------------ ' (did/ does/done).

(9) The Prime Minister ------------ at 10 a.m. the day after tomorrow. (arrived / arrives / will arrive / has arrived)

(10) They are ------------ ice-creams. (enjoyed/enjoying/enjoy)

(11) She has been ------------ since last Friday. (missed / miss / missing)

(12) I ------------ her letter a week ago. (receive/ received/ am receiving)

(13) The Tajmahal------------ in such a manner that it stands even today. (is built / was built/built)

(14) The crops------------ unless it rains this week. (fail/ failed/ will fail).

(15) She------------ the college last year. (leaves / left / has left)

(16) That he------------ a brave man is admitted by everyone. (was / is / will be)

(17) I earn whatever I------------
(could / can / could have.)

(18) If war breaks out, no city in the world ------------
(is safe/ will be safe/ could be safe).

(19) The boys roamed about just as they------------
(please/ pleased / are pleased).

(20) The child cried when it ------------ a dog.
(has seen/sees/saw).

14. AUXILIARY VERBS

Be, have, do, shall, will, may या क्रियापदांना आपण साहाय्यकारी क्रियापदे (Auxiliary Verbs) असे संबोधतो. Auxiliary म्हणजे helping. मुख्य क्रियापदांना काळ व अर्थ यांबाबतीत ती मदत करतात म्हणूनच त्यांना auxiliary (helping) verbs म्हणतात. उदाहरणार्थ,

The girl **is** dancing.

येथे dance या क्रियापदाचा अपूर्ण वर्तमान करण्यासाठी त्याच्या वर्तमानकालवाचक धातुसाधितापूर्वी is घातले आहे. म्हणजे To be ह्या क्रियापदाची मदत घेतली आहे. म्हणून 'is' is an auxiliary verb (साहाय्यकारी क्रियापद) होय. आता आपण निरनिराळ्या auxiliary verbs चा विचार करू.

१. To be म्हणजे असणे.

To be या साहाय्यकारी क्रियापदाची रूपे am, is, are, was, were, shall be, will be ही होत. ती धातुसाधितापूर्वी वापरली म्हणजे त्या त्या क्रियापदाची अपूर्ण (imperfect) काळाची रूपे मिळतात. उदाहरणार्थ,

I **am** reading a book.
She **is** singing a song.
They **are** running.
She **was** dancing.
They **were** teaching.
He **will be** going there tomorrow.

लक्षात ठेवा :- to be च्या रूपापुढे मुख्य क्रियापदाचे मूळ रूप लिहिले जात नाही. She is sing असे वाक्य चुकीचे.

२. Have बद्दल विचार.

या साहाय्यकारी क्रियापदाची पुढील रूपे लक्षात घ्या. have, has, had, shall have आणि will have

उदाहरणार्थ,

I have a pen.

She has to work.

They had their own building.

She will have to do this.

I shall have to work hard.

लक्षात ठेवा :– To have च्या साहाय्यकारी क्रियापदाच्या योग्य काळाच्या रूपापुढे Past Participle किंवा Present Participle येते. To have ह्या साहाय्यकारी रूपाच्या पुढे मूळ क्रियापदाचे मूळ रूप किंवा भूतकाळी रूप कधीही वापरले जात नाही.

Have हे क्रियापद auxiliary verb म्हणून वापरले तर ते पूर्ण वर्तमानाची (Present Perfect Tense) रूपे सिद्ध करते.

उदाहरणार्थ, She has already written the essay.

3. Do चा साहाय्यकारी उपयोग

Do is used to form the negative and interrogative forms of verbs in the present simple and past simple tenses. साध्या वर्तमानकाळी व भूतकाळी क्रियापदांची नकारार्थी आणि प्रश्नार्थी रूपे तयार करताना 'do' हे साहाय्यकारी क्रियापद वापरतात. उदाहरणार्थ,

He does not work. He did not work.

Does he work? Did he work?

एखादी कल्पना जोरदारपणे सांगण्यासाठी do/did चा उपयोग होतो. It is possible to use do/did+infinitive in the affirmative also when we wish to add special emphasis.

उदाहरणार्थ, Did you see him? Yes, I did see him.

Do is used to avoid repetition of a previous ordinary verb.

पूर्वीच्या क्रियापदाची पुनरुक्ती टाळण्यासाठी do चा वापर करतात.

उदा. Did he go? No, he didn't किंवा Oh yes, he did.

Do is used in short answers to avoid repetition of the main verb.

उदा. Do you smoke? Yes, I do.

Similarly in comparisons.

उदा. He drives faster than I do.

4. Shall चा उपयोग

प्रथम पुरुषाबरोबर shall वापरल्यास क्रियापदाचे भविष्यकालीन रूप सिद्ध होते. उदा.

I shall work tomorrow.

We shall see the picture on Monday.

द्वितीय पुरुषाबरोबर Shall वापरले तर भविष्यकाळ दाखविला जातो व त्या क्रियापदाचा 'भाग पाडणे' असा अर्थ होतो. उदा.

You shall work for us. (तुला आमच्यासाठी काम करावे लागेल.)

'should' चा उपयोग

should हे shall चे भूतकाळी रूप आहे. एखादी गोष्ट करणे भाग आहे अशा अर्थी should वापरतात. उदा. You should study hard.

Should used for assumptions about present or past action (हल्ली घडणाऱ्या किंवा पूर्वी घडलेल्या क्रिया घडण्याची अपेक्षा असल्यास should वापरतात.)

उदा. The letter should have arrived by now (I expect it has arrived.)

5. Will चा उपयोग :

will साहाय्यकारी (auxiliary) क्रियापद म्हणून वापरले तर द्वितीय व तृतीय पुरुषी रूप दर्शविले जाते.

उदा. She will be honest.

Suhas will do this for Mina.

निश्चय दर्शविण्यासाठी will ह्या साहाय्यकारी क्रियापदाचा उपयोग होतो. **प्रथम पुरुषाबरोबर will वापरल्यास निश्चय सिद्ध होतो.** जसे I will study regularly. (मी नियमितपणे अभ्यास करीनच.)

तसेच एखादे **वचन (Promise) दर्शविण्यासाठी :** जसे,

I will work for him. (I promise to work for him.)

तसेच, **धमकी** दिली असता :-

We will teach him a lesson. (आम्ही त्याला बरोबर धडा शिकवू.)

तसेच एखादी गोष्ट करण्याची **इच्छा दर्शविण्यासाठी.**

We will go for the picnic.

(We are willing to go for the picnic.)

Would चे उपयोग

Will या क्रियापदाचे भूतकाळी रूप would होते.

(i) एखादी गोष्ट घडण्याचा **संभव असणे या अर्थी** would चा वापर करण्यात येतो.

उदा. She would go to the club to play hockey.

(ii) एखाद्या गोष्टीचा **निश्चय दर्शविण्यासाठी** would चा वापर करतात.

उदा. She would not sing on this Sunday.

(iii) **भूतकाळात संभव होता असे दाखविण्यासाठी** would चा वापर करतात.

उदा. She said Suhas would attend the meeting.

(iv) **संकेतार्थी वाक्य म्हणूनही** would चा वापर करतात.

उदा. If she would do this, I will help you.

6. May चा वापर : May ह्याचे भूतकाळी रूप 'might'.

(i) May is used for **permission** forms परवानगी ह्या अर्थी :

May for all persons in the present and future.

उदा. He may come there.

She may sing on this Sunday.

(ii) May/might for **possibility.** (शक्यता दर्शविण्यासाठी)

उदा. He may tell his wife (Perhaps he tells his wife)

She may be waiting at the station.

I may leave the office as soon as I have finished.

येथे शक्यता आहे, परवनागी नव्हे.

(iii) **Might** must be used in the conditional and which the expression is introduced by a verb in the past tense.

उदा. If you invited him he might come.

He said he might hire a car.

Exercise

खालील वाक्यातील साहाय्यक क्रियापदे (असल्यास) शोधून काढा.

1) She did not come.
2) I may come.
3) They might know this.
4) She did this.
5) I will do this for her.

6) They may come to the station.
7) He said she would attend the class.
8) Mohan does not want to do this.
9) He plays sitar.
10) She has done this for you.
11) He had come there.
12) Mina may say so.
13) Veena was present there.
14) Many people shall take part in this game.
15) I will beat him.
16) They have many cars.

15. PRESENT TENSE, PAST TENSE AND PAST PARTICIPLES

Regular verbs form the past tense forms and the past participles by adding -d-or-ed to their present tense forms. Here the forms of some important irregular verbs are given :

Present Tense	Past Tense	Past Participle
arise	arose	arisen
abide	abode	abode
awake	awoke	awaken
be	was	been
beat	beat	beaten
become	became	become
begin	began	begun
bend	bent	bent
bind	bound	bound
blow	blew	blown
break	broke	broken
bring	brought	brought
build	built	built
burn	burned/burnt	burned/burnt
buy	bought	bought
catch	caught	caught
choose	chose	chosen
come	came	come
dive	dived/dove	dived
do	did	done
draw	drew	drawn
drink	drank	drunk
drive	drove	driven
dig	dug	dug

dwell	dwelt	dwelt
eat	ate	eaten
fall	fell	fallen
fight	fought	fought
flee	fled	fled
fly	flew	flown
forbid	forbade	forbidden
freeze	froze	frozen
get	got	got/gotten
give	gave	given
go	went	gone
grow	grew	grown
hung (suspend)	hung	hung
hang (execute)	hanged	hanged
hide	hid	hidden/hid
hold	held	held
know	knew	known
lay (put or place)	laid	laid
lead	led	led
lend	lent	lent
lie (recline, remain in position.)	lay	lain
lie (tell a lie)	lied	lied
lose	lost	lost
make	made	made
mean	meant	meant
pay	paid	paid
ride	rode	ridden
ring	rang	rung
rise	rose	risen
run	ran	run
say	said	said
see	saw	seen
shake	shook	shaken
shrink	shrank/shrunk	shrunk/shrunken
sing	sang	sung
sink	sank	sunk
sit	sat	sat

sling	slung	slung
sow	sowed	sown/sowed
speak	spoke	spoken
spring	sprang	sprung
steal	stole	stolen
sting	stung	stung
swear	swore	sworn
swim	swam	swum
swing	swung	swung
take	took	taken
teach	taught	taught
tear	tore	torn
tell	told	told
throw	threw	thrown
think	thought	thought
tire	tired	tired
thrust	thrust	thrust
tread	trod	trodden
understand	understood	understood
undertake	undertook	undertaken
wake	woke	waken
wear	wore	worn
weave	wove	woven
wed	wed/wedded	wed/wedded
weep	wept	wept
wind	wound	wound
win	won	won
work	worked	worked
wring	wrung	wrung
write	wrote	written

Exercise

I) Write the past tense of :

Stand, weep, fight, undertake, wind, lie, lose, shake, sink, think, swear, tear, work, wring, weep, eat, flee, choose, dwell, grow, know, go.

II) Write the Past-Participles of :

Arise, be, blow, burn, choose, do, draw, drink, fly, freeze, get, go, hide, lead, lie (recline,) make, run, sing, speak, swim, tear, wake, wear, write, thrust.

III) Complete the following table by filling up the blanks

	Present	Past	Past-Participle
1)	—	gave	—
2)	hide	—	—
3)	—	laid	—
4)	burn	—	—
5)	—	fell	—
6)	—	—	blown
7)	—	—	hidden
8)	—	—	known
9)	—	—	been
10)	—	—	risen
11)	—	swore	—
12)	—	wore	—
13)	—	—	rung
14)	Weave	—	—
15)	—	—	swum

16. VERBALS : INFINITIVES, PARTICIPLES AND GERUNDS

Verbals are verb forms that can be used as parts of speech other than verbs. There are three kinds of Verbals : infinitives, participles and gerunds.

INFINITIVE

The infinitive, a basic form of a verb, often follows the preposition to. ह्या preposition नंतर येणाऱ्या क्रियापदाच्या मूळ रूपाला infinitive म्हणतात. उदा. to run, to walk, to sit, to see, to stand, etc.

I wish to sing, या वाक्यात wish हे finite verb आहे. त्यानंतर to sing हे infinitive आहे, क्रियापद नव्हे. कारण कर्ता कोणत्याही वचनी व कोणत्याही पुरुषी असला तरी to sing हे कायम राहते. त्यात बदल होत नाही. Infinitive चे मुख्य लक्षण म्हणजे वाक्यात to सह क्रियापद येणे.

As a noun : **To err** is human.
(येथे infinitive हे वाक्यातील कर्त्यासारखे वापरले आहे.)
I want **to go.**
येथे infinitive हे direct object (कर्म) म्हणून वापरले आहे.
Her chief aim, **<u>to win,</u>** is unwise.
(येथे infinitive appositive सारखे वापरले आहे.)

As an adjective : Here is a book **to read.**
(येथे Infinitive is used to modify the noun book.)
Our vacation was a time **to relax.**
(Here infinitive is used to modify the predicate nominative time.)

As an adverb : That is easy **to say.**
(Infinitive is used to modify the predicate adjective 'easy'.)
Sunil played **to win.**
(Infinitive is used to modify the verb 'played')

लक्षात घ्या की पुढील वाक्यांत Infinitive जरी नामाचे काम करून वाक्यातील कर्त्याचे काम करते, तरी ते क्रियापदाचे गुणधर्म ठेवते. उदाहरणार्थ, It can take a direct object.

To play the piano was his greatest desire.
(infinitive : to play, direct object : piano)

Or it can be modified by an adverb.

To run quickly is difficult.
(infinitive : to run: adverb : quickly.)

PARTICIPLE

प्रत्येक क्रियापदाला दोन participles असतात : a past participle and a present participle. Past participles हे बहुतांशी क्रियापदाच्या शेवटी -ed, -d, -t,-en किंवा -n ही अक्षरे घालून होतात. उदाहरणार्थ, walked, chosen, learnt, lighten, hired, killed, given, etc.

The present participle हे नेहमीच क्रियापदाच्या शेवटी ing घालून होते. उदा. singing, dancing, writing, working, etc.

Participle हे finite verb चा भाग म्हणून होऊ शकते.

(i) सर्व अपूर्ण काळासाठी :

उदा. She is singing.
They were playing.
You will be writing.

(ii) कर्तरी प्रयोगाचे सर्व पूर्ण काळ म्हणून : यामध्ये have पुढे Past participle च आले पाहिजे.

उदा. We have taken the books.
You had done this.
She will have sung there by this time tomorrow.

(iii) कर्मणी प्रयोगाचे काळ : यामध्ये to be च्या योग्य त्या रूपापुढे Past Participle च वापरले पाहिजे.

उदा. A torch is bought by him.

Marathi is being learnt by all of us.

Sometimes Participles act as adjectives.

Participles चा उपयोग गुणविशेषणासारखा होऊ शकतो.

उदाहरणे :

Suhas calmed the **frightened** kitten.

(Here Past Participle is used as an adjective.)

Do you like **baked** potatoes ?

(Here Past Participle is used as an adjective.)

Dancing dalls give joy.

(Present participle is used as an adjective.)

Participles चा predicative use :

उदाहरणे :

She saw her lover **standing** at the door.

It has made me **interested** in painting.

Suhas seemed **worried.**

Noun/Pronoun सुरुवातीस येऊन **absolute use :**

The sky **being** clear, we arranged a picnic.

The married daughter **having arrived,** the mother became happy

GERUND

A Gerund is a verb form ending in - ing that acts as a noun.

क्रियापदास –ing लागून नामासारखा उपयोग होणाऱ्या शब्दास gerund म्हणतात.

उदा. Swimming is a good exercise.

(Gerund acting as the subject)

I enjoy singing.

(Gerund acting as a direct object.)

My favourite hobby, dancing, keeps me in shape.

(Gerund acting as an appositive.)

Notice that although the gerund acts as a noun, it also retains some characteristics of a verb. For instance, it can take an object.

Gerund हे जरी नामाचे कार्य करते तरीसुद्धा ते काही क्रियापदांचे गुणधर्म त्याला असतात. ते कर्माबरोबर येते. हे लक्षात ठेवा.

उदाहरणे :

I enjoy singing folk songs.

(Gerund : singing; त्याचे object : folk songs)

Or it can be modified by an adverb.

Walking briskly is healthy.

(Gerund : walking; adverb modifying the gerund : briskly)

Gerunds and present participles both having same endings. Be careful to name them properly when analysing sentences. A gerund acts as a noun. A present participle acts as an adjective.

I like swimming.

(Gerund used as a noun)

The swimming children played in the river.

(Present participle used as an adjective.)

Exercise

(पुढील वाक्यातील gerunds, participles, infinitives शोधून काढा; व त्यांची कार्ये सांगा.)

(1) The boy seemed worried.
(2) You had given the notes.
(3) Travelling makes a man perfect.
(4) Teaching is my hobby.
(5) Talking gives pleasure.
(6) He sang to please his friends.
(7) I saw him drink.
(8) Let us go.
(9) She wants to dance.
(10) The hurt person is my neighbour.
(11) Let him wait.
(12) We want to go to Pune.
(13) It is not fair to smoke.
(14) Smoking affects our health.
(15) How to stop worrying is an art.
(16) Jumping was his hobby.
(17) Mr. Sule is a retired Principal.
(18) I like hunting.
(19) She likes to nurse the poor.

(20) Reading is his favourite hobby.
(21) Some men like cooking.
(22) He wears washed clothes.
(23) Trained animals don't harm.
(24) Running is a good exercise.
(25) Ravan was killed by Rama.
(26) Raigad had been loved by Shivaji.
(27) The ruler will be obeyed by the pupils.
(28) A burnt child dreads the fire.
(29) Have you finished packing things?
(30) To run quickly is not easy.

17. NEGATIVE SENTENCES

* इंग्रजीमध्ये क्रियापदाचे नकारार्थी रूप करण्यासाठी not (न) हे क्रियाविशेषण किंवा no (कोणी-काही न) हे विशेषण वापरतात.

उदा. She is **not** working.
He has **no** book.
Many boys are **not** reading.
They have **no** tickets.

The simple Present tense : third person singular - does not/doesn't + infinitive

The simple past tense negative for all persons is did not/ didn't + infinitive.

Contra changs are usual in speech

उदा. He **does not/ does't** read novels.
They **do not /don't** live here.
I **did not/didn't** reply her.
She **did not/ didn't** do this for me.

वर्तमानकाळ व भूतकाळ या दोन काळांत असणारी क्रियापदे जेव्हा साहाय्य क्रियापदाशिवाय असतात तेव्हा त्या काळी नकारार्थी रूप तयार करताना to do या साहाय्यकारी क्रियापदाचा वापर करावा व नंतर त्याचे योग्य असलेले रूप वापरावे. तदनंतर पुढे त्या क्रियापदाचे मूळ रूप योजावे.

उदा. Suhas writes an essay.
Suhas does not write an essay.
Vilas sang a song.
Vilas did not sing a song.

क्रियापदाची साध्या वर्तमानकाळातील नकारार्थी रूपे पुढे एक क्रियापद चालवून दिले आहे त्यावरून स्पष्ट होतील.

To work

Person	Singular	Plural
First	I do not work.	We do not work.
Second	You do not work.	You do not work.
Third	He does not work. She does not work. It does not work.	They do not work.

क्रियापदाची साध्या भूतकाळातील नकारार्थी रूपे पुढे एक क्रियापद चालवून दिली आहेत त्यावरून स्पष्ट होतील.

To sing

Person	Singular	Plural
First	I did not/didn't sing	We did not/didn't sing.
Second	You did not/didn't sing.	You did not/didn't sing.
Third	He did not/didn't sing. She did not/didn't sing. It did not/didn't sing.	They did not/didn't sing.

The negative of all other tenses is formed by putting 'not' after auxiliary verb.

Contractions are usual in speech.

उदा. He has not/ hasn't finished.

She would not/ wouldn't wait.

To be क्रियापदाची वर्तमानकाळी व भूतकाळी नकारार्थी रूपे.

To be ची वर्तमानकाळी नकारार्थी रूपे पुढील उदाहरणांवरून स्पष्ट होतील.

Person	Singular	Plural
First	I am not strong.	We are not strong.
Second	You are not strong.	You are not strong.
Third	He is not strong. She is not strong. It is not strong.	They are not strong.

To be ची भूतकाळी नकारार्थी रूपे पुढीलप्रमाणे :

Person	Singular	Plural
First	I was not present.	We were not present.
Second	You were not present.	You were not present.
Third	He was not present. She was not present. It was not present.	They were not present.

Negative Contractions (नकारार्थी लघुरूपे.)

The auxiliaries be, have, will, would, shall, should, do are contracted as follows :

मूळ रूप	लघुरूप
am not	'm not
is not	isn't or 's not
are not	aren't or 're not
have not	haven't
has not	hasn't

but in perfect tenses **'ve not** and **'s not** are also possible.
Will not contracts to **won't,** though **'ll not** is also possible.
Shall not contracts to **shan't.**
Negative contraction can come at the end of a sentence.
(वाक्याच्या शेवटी नकारार्थी लघुरूपे येऊ शकतात.)
उदा. I saw it but she didn't.
I worked for it but they didn't.

To be ह्याच्यापुढे नाम असून त्यावरून एखाद्या व्यवसायाचा बोध होत असेल व त्या व्यवसायात ती व्यक्ती निष्णात नसेल तर not हे क्रियाविशेषण न वापरता No हे विशेषण घालावे.

उदा. Sunita is not a teacher. सुनीता शिक्षिका नाही (म्हणजे तिचा अन्य व्यवसाय आहे.)

Sunita is no teacher. सुनीता चांगली शिक्षिका नव्हे.

Two negative words give the sentence an affirmative meanings. (दोन नकारार्थी शब्दांमुळे होकारार्थी अर्थ होतो. कसे ते पहा.)

उदा. Nobody, did nothing.
meaning : Everyone did something.

Hence never, no (adjective), none, nobody, no one, nothing, hardly, hardly ever, etc. are used with an affirmative verb, to have negative meanings.

उदा. Suhas didn't eat anything.
or Suhas ate nothing.
She doesn't ever complain.
or She never complains.
They haven't seen anyone.
or They have seen no one.
They didn't speak much.
or They hardly spoke at all.

NEGATIVE INTERROGATIVES
नकारार्थी प्रश्नार्थक

Negative Interrogative sentence is formed by putting 'not' after the ordinary interrogative :

उदा. Did you not hear that ? Is she not listening?

(परंतु हे सर्वसाधारणपणे लघुरूपात योजतात.)

उदा. Didn't you hear that? Isn't she listening?

'not' हे कर्त्याच्या पूर्वी आले आहे.

'am I not?' has an irregular contraction : 'aren't I?'

बोलणाऱ्याला होकारार्थी उत्तराची अपेक्षा किंवा आशा असते त्या वेळी नकारार्थी प्रश्नार्थक वाक्य योजतात :

उदा. Haven't you done yet?
Don't you like my new plan?
Smita : Can't I stay till the end of the programme?
I could wait ten minutes. Couldn't you wait a little longer?

होकारार्थी विधानानंतर उपयोगात आणलेल्या Question tags मध्ये नकारार्थी प्रश्नार्थक रूप वापरले जाते.

उदा. You sang there, didn't you?
Sunita would like to sing, wouldn't she?

Negative Imperative Sentences
नकारार्थी आज्ञार्थी वाक्ये

आज्ञार्थी वाक्याचा नकार करताना क्रियापदाच्या मागे do not हे शब्द लिहावेत.

उदा. Do not write on this paper.
लघुरूप Don't write on this paper.
Give me your book.
Don't give me your book.

Negatives in future tense
भविष्यकाळातील नकारार्थी वाक्ये

होकारार्थी	नकारार्थी
I shall write	I shall not write
I shall be writing.	I shall not be writing.
You will be going	You will not be going.
They will have gone.	They will have not gone.
She will have been going.	She will have not been going.

Exercises

(I) पुढील होकारार्थी वाक्यांची नकारार्थी वाक्ये तयार करा.

Write the following sentences in negative forms :

1) I have seen this.
2) We went to the picture yesterday.
3) This is my own pen.
4) Does she know this?
5) Wait here.
6) They want coffee.
7) She will study this year.
8) They work hard.
9) She has much work.
10) They are right.
11) You wait there.
12) This garden is beautiful.
13) Can you do this?
14) Have they done this?
15) Show it just now.
16) This is your book.
17) Many boys do this.
18) She had seen this picture.
19) They went last Sunday.

20) Many friends were present.
21) She sang yesterday.
22) You must sing.
23) Can I know this?
24) Think before you do.
25) They will be coming here.
26) I had seen this.
27) You will do this.
28) Have patience.
29) Many boys were present there.
30) Do it again and again.
31) Many people have done this work.
32) You will get success.
33) Who has done this?
34) If you study hard you will pass.
35) See this picture.

(II) Add a question tag in negative form :
First one is done for you.

1) You told him everything.
You told him everything, didn't you?
2) She made the noise.
3) She sang a beautiful song.
4) Many people gathered there.
5) Suhas fielded well.
6) We won the match.
7) They were all happy.
8) We went to Matheran.
9) You did the work successfully.
10) She went to the theatre late.
11) He would like to come.
12) You have finished the work in time.
13) People must do the work unitedly.
14) Those men did it honestly.
15) You would like to enjoy the party.

18. ARTICLES

इंग्रजी भाषेत तीन उपपदे (Articles) आहेत. ती कोणती?

ती उपपदे 'a', 'an', 'the'

Kinds of Articles उपपदांचे प्रकार

Definite	Indefinite
(निश्चित)	(अनिश्चित)
'the'	'a' आणि 'an'

The adjective 'a' or 'an' and 'the' are usually called Articles. They are really Demonstrative Adjectives. उपपदे ही एक प्रकारची दर्शक विशेषणे आहेत.

उपपदे ही सामान्यनामाच्या पाठीमागे येतात.

पुढील वाक्ये पाहा. पहिल्या वाक्यात 'a', दुसऱ्या वाक्यात 'an', तिसऱ्या वाक्यात 'the' ही उपपदे आली आहेत.

1. Sunita is **a** nurse.
2. Vinay is **an** engineer.
3. **The** Ramayan is our holy book.

उपपदे (Articles) ही सामान्यनामाच्या पूर्वी येतात.

A आणि An ही उपपदे कशी वापरावीत?

1) A हे उपपद व्यजंनाने आरंभ झालेल्या किंवा ज्या स्वराचा उच्चार व्यंजनाप्रमाणेच होतो त्याच्या पूर्वी वापरतात. उदाहरणार्थ, A boy, A table, A university, A union, A European, A useful article.

२) Before a word beginning with a vowel sound, 'an' is used. ज्या नामदर्शक शब्दाची सुरुवात a, e, i, o, u ह्या स्वरांनी होत असेल किंवा अनुच्चारित 'h' ने होत असेल तर त्या नामाच्या पूर्वी An हे उपपद योजतात. उदाहरणार्थ, an ass, an enemy, an orange, an hour, an honest man.

3) Do not omit a/an before a singular noun standing for things that can be counted. ज्या वस्तू मोजता येण्यासारख्या असतात

अशा वस्तूंच्या एकवचनी नामापूर्वी a किंवा an ही उपपदे वगळू नका. उदाहरणार्थ,

Bombay is a big city. (not Bombay is big city.)

A tiger is a dangerous animal.

'A' is not normally used before nouns standing for things that cannot be counted but it may be used before such nouns if they are used in the following ways. (ज्या वस्तू मोजता येण्यासारख्या नसतात अशा वस्तूंसाठी सर्वसामान्यपणे 'a' वापरत नाहीत, परंतु जर नामांच्या संदर्भात आले तर 'a' वापरतात. उदाहरणार्थ,

(i) एक विशिष्ट जात दर्शविण्यासाठी :

I like a white polish for my table. or

(ii) ठरावीक प्रमाण दर्शविण्यासाठी :

Let us have a tea. (i.e. a cup of tea.)

4) एखाद्या जातिवाचक शब्दाच्या वर्गाचे उदाहरण म्हणून एकवचनी नाम वापरले असेल तर त्याच्या पाठीमागे 'a' अथवा 'an' योजतात. उदाहरणार्थ :

A cow is a useful animal.

येथे 'a cow' याने सबंध गाईंची जात अपेक्षित आहे.

5) The names of professions and occupations take the indefinite article (व्यवसाय किंवा उद्योग ह्यांच्या संज्ञांसाठी अनिश्चित उपपद 'a' किंवा 'an' वापरतात) उदाहरणार्थ,

My father is a lawyer.

My sister is a singer.

She is a teacher.

6) मोजता येण्याजोग्या म्हणजेच एकापेक्षा अधिक असणाऱ्या वस्तूंच्या एकवचनी नामाच्या पूर्वी 'a' किंवा 'an' हे उपपद वापरतात.

I see a man.

A cow is an animal.

7) The indefinite article always follows the word `such' when it is applied to things that are countable.

ज्या वस्तू मोजता येण्यासारख्या असतात त्या बाबतीत 'such' वापरले असेल तर 'such' नंतर 'a/an' वापरतात. उदाहरणार्थ,

I have never seen such a nice hotel.

Such a thing has never happened before.

I have never seen such an object in the sky.

८) किंमत अथवा वेग दर्शविताना आपण 'a' किंवा 'an' ह्या उपपदांचा वापर करतो.

उदाहरणार्थ : Potatoes are sold three rupees a kilo.

Maruti car runs twenty kilometers a litre.

Suhas can run seventeen miles an hour.

9) If an adjective is preceded by so, the 'a' or 'an' must be placed between the adjective and the noun. ज्या वेळी विशेषणापूर्वी so येते त्या वेळी 'a' किंवा 'an' हे विशेषण 'so' आणि नामामध्ये घातलेच पाहिजे. उदाहरणार्थ,

I have never seen so heavy a man. (not a so heavy man).

10) 'A' or 'an' is used before a singular noun of an exclamatory sentence. उद्‌गारवाचक वाक्यातील एकवचनी नामाअगोदर 'a' अथवा 'an' हे उपपद योजतात. उदाहरणार्थ, 'What a nice girl she is!'

11) dozen, hundred, thousand ह्या शब्दांपूर्वी 'a' घालतात. उदाहरणार्थ : a dozen books, a hundred Rupees, a thousand stamps. (अशा ठिकाणी 'a' म्हणजे one असा अर्थ असतो.) उदाहरणे :

I have purchased a dozen kites.

He has given me a thousand Rupees.

12) पुढीलप्रमाणे शब्दसमूहात 'a/an' चा उपयोग करतात :

half a litre,

half a glass,

half an hour,

half a kilometre.

13) Kind of, sort ह्यांचा वापर करताना kind, sort ह्यांच्यापूर्वी 'a' हे उपपद घालावे. उदाहरणार्थ,

This is a kind of mango tree.

This is a sort of bad habit.

14) पुढील शब्दसमुदाय पाहा व त्यांमधील a/an चा वापर पाहा : make a fortune, make an attempt, make an impression, make an experiment, make a trial, make a habit.

15) 'Many a' ह्याचा अर्थ अनेकवचनी असला तरी उपयोग एकवचनी करतात. उदाहरणार्थ,

Many a boy likes cricket (म्हणजे Many boys like cricket.)

Many a child loves toys.

16) When 'a' is placed before the word 'few' it changes the meaning. Few means only a small number, when more might have been expected; a few means a small number when none might have been expected.

उदाहरणार्थ,

Few pupils gave the right answer. (i.e. I had hoped for more.)

A few pupils gave the answer. (i.e. They did not all, as one might have supported give the wrong answer.)

त्याचप्रमाणे 'little' आणि 'a little' यांमध्ये फरक आढळतो. उदाहरणार्थ, We have little time to spare. (म्हणजे आपणाला वाटेल तेवढा वेळ नाही.)

परंतु We have a little time to spare. (म्हणजे We are not so short of time that we have none to spare.)

Use of Definite Article : 'THE' या निश्चित उपपदाचा वापर :

1) Use 'the' before the names of rivers, seas, oceans, canals, valleys, deserts, and forests. (नद्या, सागर, महासागर, कालवे, दऱ्या, वाळवंटे आणि जंगले ह्यांच्या नावापूर्वी 'the' घालावे.)

उदाहरणार्थ, The Sahara is a big desert.

तसेच the Andaman islands, the gulf of Khambayat, the Indian ocean, the Atlantic ocean, the Arabian sea, इ.

2) Put 'the' before the names of mountain ranges, or ranges of hills, but not before the names of single mountains or hills.

उदाहरणार्थ, The Alps, the Himalayas.

3) When the object or group of objects is unique or considered to be unique.

वस्तू अथवा अनेक वस्तूंचा समुदाय जर एकमेव असतील किंवा एकमेव असे समजण्यात येत असेल तर त्या वेळी त्यापूर्वी 'the' हे उपपद वापरतात. उदाहरणार्थ,

the earth, the sea, the sky, the sun, the moon, the stars, the equator.

4) धर्मग्रंथ आणि काही प्रसिद्ध ग्रंथ यांच्या नावामागे 'the' घालावे.

उदाहरणार्थ, the Vedas, the Bible, the Ramayan, the Mahabharat, the Koran, the Bhagvadgeeta.

5) जहाजांच्या नावामागे 'the' हे उपपद योजावे.

उदाहरणार्थ, the Tukaram, the Rajendra.

6) राष्ट्रातील लोक ह्या अर्थी असताना त्यामागे 'the' उपपद घालावे.

The Germans, The Indian, The Russians.

7) एखाद्या कुटुंबातील सर्वांचा उल्लेख करताना the घालावे.

उदाहरणार्थ, 'the Deshpandes, the Kulkarnies, the Champanerkars, the Tatas, the Nehrus, इ.

8) Describing the whole class - सर्व वर्गाचा उल्लेख करताना - The rose is a very beautiful flower. The horse is a noble animal.

9) Use 'the' before the names of municipal or government departments and before the names of shops, business houses, industrial concerns, banks, etc. except when they begin with a personal name.

उदाहरणार्थ, The Bank of Baroda,
The Indian Bank,
The Ministry of Education,
The public library,
The Grand Hotel,
The War Office,
The Army and Navy Stores.

परंतु, 'Lloyd's Bank Clark's Picture Gallery.

10) Use 'the' before the names of trains,

उदाहरणार्थ, 'The Deccan Queen runs from Bombay to Pune everyday.

11) 'The' is used with superlatives. (तमवाचक विशेषणापूर्वी the घालतात)

उदाहरणार्थ, Suhas is the best boy in this class.
Veena is the cleverest of all.

12) आधी उल्लेख केलेल्या व्यक्ती अथवा वस्तू ह्याविषयी बोलताना एकदा आलेल्या उल्लेखाच्या नंतरच्या उल्लेखात 'the' वापरणे आवश्यक आहे.

उदाहरणार्थ, There was a boy. The boy was honest.
His firends liked the boy very much.

13) When we speak of a particular person or thing or one already referred to, then we make use of 'the'.

उदाहरणार्थ, <u>The</u> storybook you want is lost.
I hate <u>the</u> man.
Let us visit <u>the</u> club.

14) Use 'the' before the names of newspapers,

उदाहरणार्थ, I read <u>the</u> Times of India.
He likes <u>the</u> Loksatta.
The Mumbai Sakal is also a good newspaper.

Omission of `the' and 'a' or 'an'

१) विशेषनामांचा उपयोग करताना – Before the use of Proper Nouns

(a) व्यक्तींच्या नावापूर्वी उपपद घालू नये.

उदाहरणार्थ, I saw Vilas.
Suneeta was present.
Mr. Chafekar knows this.
I met Miss Vina yesterday.

(b) दिवसांच्या, महिन्यांच्या, वर्षांच्या, ऋतूंच्या नावांपूर्वी उपपद घालू नये.

उदा. January is the first month of the year.
Sunday is a holiday.
I like spring very much.

(c) कला आणि शास्त्रे यांच्या नावामागे उपपद घालीत नाहीत.

उदा. I know painting.
He does not like dancing.
Singing and dancing are nice arts.
She likes Chemistry while I like Biology.
He has selected Architecture.

2) Before the use of Abstract Nouns articles are omitted. (भाववाचक नामांचा उपयोग करताना उपपदे वगळावीत.)

उदा. Honesty is the best policy.
Men fear death.
Kindness is a good virtue.

3) Before names of games articles are omitted.

He plays golf.
Sunita likes football.

Chess is a game which requires great skill.

4) Do not use 'the' before the names of countries unless the name suggests that the country is made up of smaller units or constituent parts.

France, Italy, China, India, and Ghana are all republics.

But : The United States is one of the great world powers.

तसेच पुढीलमध्ये उपपद 'the' पाहिजे.

The United Kingdom, The Soviet Union,

The U.S.S.R., The U.S.A., The Netherlands

5) पदार्थवाचक नाम वापरताना उपपद गाळावे :

Copper is very useful.

I like silver very much.

Gold is very costly.

6) 'Man' म्हणजे सर्व मानवजात असा वाक्यात उपयोग असल्यास 'man' पूर्वी उपपद घालू नये.

उदा. Man is mortal.

7) Do not put 'the' before the names of meals if they refer to the meals generally as a part of the daily routine.

(जेवणाच्या नावामागे, जर ते जेवण नित्याच्या दैनंदिनीचा एक भाग असेल तर त्यामागे उपपद घालू नये.)

Breakfast will be served at seven o'clock.

When do you have dinner?

I want to have lunch now.

8) Do not use 'the' before plural nouns when they are general or a universal sense.

Mangoes are grown in Ratnagiri district.

Books are essential to a student.

Aeroplanes can fly very fast.

Trains carry many persons.

Exercise

I. Insert 'a' or 'an' in the blank spaces in the following sentences

1) I want to give ---------- useful present.
2) He is ---------- honest man.
3) Is there ---------- hospital in this town ?
4) We stayed at ---------- hotel in the centre of the town.
5) ---------- elephant is a very strong animal.

6) We may go if we get ---------- opportunity.
7) There is ---------- hourly bus service on this route.
8) Italy is ---------- European country.
9) ---------- car must be insured.
10) ---------- child needs love.
11) It was ---------- earthquake.
12) He is ---------- actor.
13) She will be ---------- dancer.
14) ---------- big dog dashed out of the gate.
15) By ---------- united effort we may achieve success.
16) I want to go to ---------- university today.
17) It is ---------- great honour to be invited to such a gathering.
18) That was not ---------- very honest thing to do.
19) Everyone respects ---------- honest person.
20) ---------- honorary secretary is always respected.
21) The proposal was accepted by --------- unanimous vote.

Exercise

पुढील वाक्यात रिकाम्या जागी कंसामध्ये दिलेले शब्द अथवा शब्दसमुदाय उपपदे a/an घालून किंवा उपपदाशिवाय योग्य तऱ्हेने तुम्हास बरोबर वाटल्यास घाला. तुम्ही a किंवा an घातल्यास ते योग्य ठिकाणी घातल्याची खात्री करा.

1) India is ---------- country (very / large)
2) My father is ---------- (businessman)
3) Ice is ---------- (frozen water.)
4) Bombay is ---------- (large city).
5) I had never been in so ---------- before. (large house).
6) I have never known such ---------- (hot weather.)
7) Suhas took ---------- over the work. (great care).
8) It gives me ---------- to do it. (pleasure)
9) We have had ---------- (very tiring journey)
10) Vasant's ambition is to be ---------- (engineer).
11) Sunanda hopes to become ---------- when she has finished her course. (teacher)
12) Kalidasa was ---------- (famous Indian dramatist).
13) We shall get ---------- next year. (longer holidays)
14) Have you ever seen so ---------- as that ? (tall man)
15) I have never heard such ---------- (absurd story)

Exercise

Insert Articles where necessary
जरूर तेथे उपपदे घाला.

1) She must take care.
2) Moon was shining in sky.
3) What beautiful girl is this!
4) Sunita is cleverest of all girls.
5) Man is mortal.
6) It was you who began quarrel.
7) June is sixth month of year.
8) It was most interesting day in my life.
9) Earth is round.
10) Sun sets in west.
11) Where did you buy umbrella?
12) Have you seen picture ?
13) 1 have got umbrella.
14) Students are industrious.
15) Mahabharat is great epic.
16) Bhagvadgeeta is religious book.
17) Man proposes, god disposes.
18) I went to Pune by Deccan Queen.
19) He got first prize in running race.
20) She sang songs.
21) I have never seen such boy.
22) She has lot of patience.
23) This is fountain pen. I like fountain pen very much.
24) I met him at church.
25) I went to hospital to see my uncle.

Exercise

Complete the following sentences by filling in 'a' or 'an' or 'the' as may be suitable.

1) Sunita comes back after ---------- hour.
2) Vilas got ---------- best pen.
3) Marathi is ---------- difficult language.

4) Which is ---------- highest mountain in India?
5) ---------- Yamuna is ---------- sacred river.
6) ---------- English defeated ---------- Germans.
7) Hindi is ---------- easy language.
8) ---------- Himalayas look very beautiful.
9) Did you read ---------- Free Press, today?
10) ---------- sky is clear, ---------- sea is calm.
11) Bombay is ---------- industrious city.
12) I like to see ---------- stars at night.
13) I am sure he will not come for ---------- picture.
14) You should always speak ---------- truth.
15) You are ---------- fool to say that.
16) ---------- cow is a useful animal.
17) ---------- book you want is out of print.
18) ---------- cat loves comfort.
19) Have you studied ---------- Vedas?
20) He can play ---------- flute.
21) ---------- poor are always with us.
22) ---------- Mrs. Rao whom you met yesterday is my aunt.
23) I had been to ---------- U.S.A.
24) ---------- Indians are honest and sincere.
25) Who has seen ---------- wind?

19. Adverbs

An adverb modifies a verb, an adjective or another adverb. 'Modifies' means 'tells something about'.

Classifying Adverbs by meaning

अर्थाप्रमाणे Adverbs चे वर्गीकरण

Adverbs usually answer the questions How? When? Where? or To what extent ?

Adverbs सर्वसाधारणपणे कसे? केव्हा? कोठे? कितपत? ह्या प्रश्नांची उत्तरे देत असतात. पुढील उदाहरणे पाहा.

Raju walked slowly.

(slowly modifies the verb, telling how Raju walked.)

I will leave soon.

(Soon modifies the verb, telling when I will leave.)

निघणार केव्हा? soon. (लवकर)

Let's go out.

(Out modifies the verb, tells where we shall go.)

जाणार – कोठे? out (बाहेर)

Mina is not late.

(Not modifies the adjective)

He seems somewhat nervous.

(Here somewhat is an adverb because it tells to what extent he is nervous.)

Adverbs, that answer the question 'how' are called adverbs of manner.

उदा. beautifully, energetically, fast, happily, quickly.

जी Adverbs 'कसे' या प्रश्नाचे उत्तर देतात त्यांना adverbs of manner असे संबोधतात.

Adverbs that answer the question 'when' are called adverbs of time.

उदा. before, later, now, soon, then.

जी Adverbs 'केव्हा?' ह्या प्रश्नाचे उत्तर देतात त्यांना adverbs of time असे म्हणतात.

उदा. He will come now.

Adverbs that answer the question 'where' are called adverbs of place.

उदा. down, forward, in, near, out, there, up.

जी Adverbs 'कोठे' ह्या प्रश्नाचे उत्तर देतात त्यांना स्थलवाचक क्रियाविशेषणे (Adverbs of place) म्हणतात.

उदा. She stays near.

He stands there.

Notice that some adverbs of place can also act as preposition.

लक्षात घ्या की काही adverbs of place ही preposition चेही कार्य करू शकतात. पुढील उदाहरणे अभ्यासा.

Let's climb up (adverb).

The cat climbed up the tree. (Preposition.)

Adverbs that answer the question 'to what extent' are called adverbs of degree. उदा. almost, extremely, quite, rather, somewhat, very.

जी adverbs 'कितपत' ह्या प्रश्नाचे उत्तर देतात त्यांना adverbs of degree म्हणतात.

उदाहरणार्थ :

He is quite well.

She is almost mad.

He looks somewhat worried.

Classifying Adverbs by Use

Adverbs चे उपयोगाप्रमाणे वर्गीकरण

Adverbs of manner, time, place and degree are classified according to their meaning. Another way to classify adverbs according to their use.

Adverbs चे त्यांच्या वापराप्रमाणे वर्गीकरण

Interrogative adverbs introduce questions. Some of them are how, when, where and why.

प्रश्नार्थक क्रियाविशेषणांची सुरुवात प्रश्नांनी होते. how, when where आणि why ही प्रश्नार्थक क्रियाविशेषणांची काही उदाहरणे आहेत.

उदा. Where did you find this?

When did you go?

Relative adverbs introduce subordinate clauses.

Some examples are when, where, why.

Subordinate clauses (अवलंबून असणारे clauses)ची सुरुवात Relative adverbs ने होते.

उदा. I will meet you when classes are over.

Do you know why Sunil was so angry?

Conjunctive adverbs (sometimes called transitional adverbs) join two independent clauses or two sentences, and modify one of them. Some examples are : **hence, however, moreover, nevertheless, otherwise, therefore, thus.**

Examples :

We waited for Suresh however, he did not turn up.

Mina liked the dress, nevertheless, she did not buy it.

Independent adverbs have no grammatical function in a sentence or a clause. Some examples are : yes, no. Study the following :

No, I don't think I'll join you.

Yes, you did leave your purse in the hotel.

Comparison of Adverbs.

Adverbs of manner (adverbs that answer 'how' like adjectives, can be compared upward and downward in three degrees : positive, comparative and superlative. Adverbs can also be compared upward by two different methods.

1) Most adverbs form their comparative and superlative degrees by placing the word **'more' for the comparative, 'most' for the superlative degree.** (अनेक adverbs च्या बाबतीत more किंवा most घालून तरतमभाव दाखविला जातो.) त्या adverbs ने दर्शविलेल्या रितीचे आधिक्य (जास्तपणा) दाखविण्यासाठी ही रूपे वापरतात.

Positive	**Comparative**	**Superlative**
accurately	more accurately	most accurately
happily	more happily	most happily
quickly	more quickly	most quickly

2) A few adverbs form their comparative and superlative adding **-er for the comparative degree and - est for the superlative degree.** (काही adverbs च्या बाबतीत त्यांच्या मूळ रूपापुढे - er जोडून comparative degree होते तर - est घालून superlative degree होते.)

Positive	**Comparative**	**Superlative**
early	earlier	earliest
near	nearer	nearest
soon	sooner	soonest

3) **All adverbs are compared also by using 'less' for the comparative degrees and 'least' for the superlative degree. These forms show the lesser degrees.** (सर्व adverbs च्या बाबतीत खालील पातळीवर तुलना करताना less हे comparative degree साठी तर least हे superlative degree साठी वापरतात.)

Positive	**Comparative**	**Superlative**
accurately	less accurately	least accurately.
early	less early	least early
happily	less happily	least happily.
quickly	less quickly	least quickly

4) **Some adverbs get their comparative and superlative forms irregularly.** (काही adverbs च्या बाबतीत तरतमभाव दर्शविताना अनियमित रूपे होतात.)

Positive	**Comparative**	**Superlative**
badly	worse	worst
far	farther, further	farthiest, furthiest
little	less	least
much	more	most
well	better	best

Adverb or Adjective
क्रियाविशेषण की गुणविशेषण.

Many words that end in - ly are adverbs (sharply, strongly, surely). However, some words that end in - ly are not adverbs but are adjectives (cowardly, friendly, lovely, manly). Some adverbs do not end in -ly (far, fast, here, soon, there). Some words can be used either as adverbs or adjectives.

(अनेक शब्द जे शेवटी -ly ने पुरे होतात ते adverb असतात, परंतु काही शब्द -ly शेवटी येऊनही विशेषणे असतात आणि काही adverbs च्या शेवटी -ly नसते. काही शब्द adverbs किंवा adjectives सारखे वापरता येतात.)

पुढील उदाहरणे अभ्यासा :

Word	Adverb	Adjective
deep	Dig **deep** to find water.	We dug a **deep** well.
far	We walked **far** into the forest.	He came from a **far** country.
hard	Sunil hit the ball **hard**.	It was a **hard** choice.
little and	The world will **little**.	He had **little** feet.
long	Note nor **long** remember.	and **long** legs.
near	The horse came **near**.	It was a **near** escape.
right	Turn **right** at the stop sign.	That was the **right** way to turn.
straight	He drew his lines **straight.**	He walked a **straight** line.

Other words that can be used either as adverbs or adjectives include : close, daily, first, hard, high, late, only, tight.

To test whether a word is an adverb or an adjective, look at how it is used in the sentence. If it modifies a noun it is an adjective. If it modifies verb, adjective or other adverb, it is an adverb.

(Adverbs किंवा adjectives सारखे उपयोगात येणारे आणखी काही शब्द म्हणजे : close, daily, first, hard, late, only, tight हे होत.

एखादा शब्द adverb आहे की adjective आहे, हे शोधून काढण्यासाठी तो शब्द वाक्यात कशा रितीने वापरला आहे ते पाहा. जर तो नामाबद्दल जास्त माहिती देत असेल तर तो adjective असे समजावे. जर तो शब्द क्रियापद, विशेषण किंवा दुसरे क्रियाविशेषण याबद्दल आणखी माहिती देत असेल तर तो शब्द adverb आहे असे समजावे.)

उदा. There goes Suhas on his **daily** trip to the store.

(**Daily** is an **adjective** modifying the noun **trip**.)

Suhas goes to the store daily.

(**Daily** is an **adverb** modifying the verb **goes**.)

Some words have two closely related adverb forms:

Cheap- cheaply	Near-nearly
deep - deeply	quick - quickly
hard - hardly	right - rightly
high - highly	slow - slowly
late - lately	tight - tightly

In some cases, usually an informal, short commands, the two forms have the same meaning and can be used interchangeably (काही बाबतीत, साधारणत: informal छोट्याशा आज्ञांच्या बाबतीत, दोन्ही रूपांचा अर्थ एकच असतो आणि एकमेकांबद्दल तो वापरता येतो.)

Go **slow**, around that way.

Go **slowly** around that way.

In other cases, the two forms have different meaning and cannot be used interchangeably. (दुसऱ्या काही बाबतीत, दोन्ही रूपांचे वेगवेगळे अर्थ होतात आणि ते एकमेकांबद्दल वापरता येत नाहीत.)

Come sit **near** me.

You **nearly** missed that short way.

Suhas hit the ball **hard**.

Vina **hardly** had time to think on this subject.

Well / Good

'Well' can be used as both an adverb and an adjective. As an adverb, well means capably or successfully.

(well हे क्रियाविशेषणासारखे व विशेषणासारखे असे दोन्ही प्रकारे वापरता येते. क्रियाविशेषणासारख्या well चा अर्थ 'लायकत्व' अथवा 'यशस्वीरीत्या' असा होतो.)

Suhas did **well** on the math test.

(modifies the verb **did**)

As an adjective, well means 'healthy' or 'satisfactory' (well विशेषणासारखे वापरतात तेव्हा त्याचा अर्थ 'उत्तम' किंवा 'समाधानकारक' असा होतो.)

You look **well**.
(Modifies the pronoun you.)
All is **well**.
(Modifies the pronoun all).
लक्षात घ्या : Good is always an adjective and should never be used in place of well उदा.)
Incorrect : Suhas played good.
Correct : Suhas played well.
Bad/ Badly.
Badly is used only as an adverb.
I did **badly** in my spelling-test.
(Modifies the verb did)
Bad is used only as an adjective.
I feel **bad**.
(modifies the pronoun I)

Placement of Adverbs

Since adverbs can modify verbs, adjective and other adverbs, they can appear in many different positions in a sentence. The meaning of a sentence can vary depending on where the adverb is placed. For example :

Vilas almost caught a dozen fish this morning.
(Twelve times, Vilas came close to catching fish.)
Vilas caught almost a dozen fish this morning.
(Vilas caught somewhat fewer than twelve fish.)
I just spoke with Raju.
(I spoke with Raju only a few minutes ago).
I spoke just with Raju.
(Raju was the only person with whom I spoke).

Be careful where you place adverbs such as almost, even, hardly, just, merely, nearly, only, and scarcely. Put them as close as possible to the words they modify.

Exercise

Find out the adverbs from the following sentences and state their kinds :

1) Sunita nearly won the match.
2) Many people often work together.
3) In my opinion she is quite right.
4) Where does he live?
5) Arjun shot the arrow accurately.
6) Sunil is always late.
7) Vina sings sweetly.
8) Mohan always gets up early.
9) He is therefore late.
10) Suhas was very tired.
11) Girls work here in the evening.
12) Vina did it too wisely.
13) Suhas went to Delhi yesterday.
14) They went unnecessarily.
15) Vinay is hence unable to attend the meeting.
16) He is doing it certainly.
17) Sunil always scores well.
18) All the people shouted very loudly.
19) He went out yesterday.
20) He sings regularly but studies irregularly.

20. PREPOSITIONS

Def : A preposition is a word or group of words that shows the relationship of a noun or a pronoun to some other word in the sentence.

(वाक्यातील नाम किंवा सर्वनाम ह्यांचा दुसऱ्या शब्दाशी संबंध दाखविणाऱ्या शब्दास अथवा शब्दसुमदायास preposition असे म्हणतात.)

उदा. The boy is swimming **in** the river.

(येथे in हे preposition नाम river आणि verb 'is swimming' यांमधील संबंध दाखविते.)

The girl running **with** her dog slipped and fell. (येथे with हे preposition, नाम dog आणि participle 'running' यांमधील संबंध दाखविते.)

Vineeta hung her frock **on** the wire.

(येथे on हे preposition, नाम wire आणि नाम frock यांमधील संबंध दाखविते.)

They were discussing **about** you.

(येथे about हे preposition, सर्वनाम you, आणि क्रियापद were discussing यांमधील संबंध दाखविते.)

पुढे वारंवार वापरल्या जाणाऱ्या काही prepositions ची यादी दिली आहे :

prepositions

about	beside	off
above	between	on
across	by	out
after	down	over
against	during	throughout
around	except	to
at	for	toward
because of	from	under
before	in	until

behind	in spite of	up
below	of	with
beneath		

उदाहरणे

She sits **between** me and him.
Don't sit **by** my side.
Tuesday comes **after** Monday.
They all stood **around** her.
I asked him many questions **before** I left.
She lives **behind** my house.
He sits **below** the tree.
The bridge is **over** the river.
They turned their faces **at** him.
I met him during his stay **at** Pune.
Except him everybody was present.
I did this **for** him.
I went **from** Dadar **to** Bombay.
In spite of my repeated warnings he had done this.
Several **of** his friends were present.
Out of five men three attended the meeting.
I thought **over** this problem.
He was honest **throughout** his life.
I went **to** him.
He sat **under** that tree.
I am not going **until** he comes.

PREPOSITIONAL OBJECT

The object of a preposition is the noun or pronoun that follows a preposition which shows relationship of that noun or pronoun with another word in the sentence.

(Preposition चे कर्म हे नाम किंवा सर्वनाम असते व ते preposition नंतर येते. ते कर्माचा दुसऱ्या शब्दाशी असणारा संबंध दर्शविते.)

उदा. What do you think **about** his idea?
(येथे idea हे नाम about ह्या preposition चे कर्म आहे.)
Suhas likes cakes prepared **on** the oven.
(येथे oven हे नाम on या preposition चे कर्म आहे.)

Come, sit **beside** me.
(येथे me हे सर्वनाम beside या preposition चे कर्म आहे.)

Preposition or Adverbs

कित्येक शब्द असे आहेत की ते ज्याप्रमाणे preposition चे कार्य करतात, त्याचप्रमाणे adverb चेही कार्य करतात.

उदा. The cat ran **out** of the door.
(येथे out हे door हे कर्म घेऊन preposition चे कार्य करते.)
The cat ran **out**.
(येथे ran ह्या क्रियापदाबद्दल out हे adverb चे कार्य करते.)
We fell **down** the hill.
(येथे hill हे कर्म घेऊन down हे preposition चे कार्य करते.)
We fell **down**.
(येथे down हे fell ह्या क्रियापदाबद्दल सांगून adverb चे कार्य करते.)

एखादा शब्द preposition चे किंवा adverb ह्यांपैकी कोणते कार्य करतो ते ठरविण्यासाठी तो कर्माबरोबर आहे की नाही ते पाहा. जर तो कर्माबरोबर असेल तर तो Preposition चे कार्य करतो. जर तो कर्माबरोबर नसेल, तर तो adverb चे कार्य करतो असे समजा.

कोणती preposition वापरावीत?

काही नामे, विशेषणे आणि क्रियापदे यांच्याबरोबर विशिष्ट preposition येतात. पुढील शब्दसमुदाय अभ्यासा.

account for	foreign to	sensitive to
argue with	happy about	similar to
capable of	independent of	sympathise with
confide in	inseperable from	tamper with
desirous of	obedient to	
envious of	protest against.	

परंतु त्याच शब्दाबरोबर येणारे preposition बदलले तर अर्थ निराळा होतो.

angry at (a thing)	concerned for	quarrel over
angry with (a person)	concerned with	quarrel with
apply for (a post)	free from	speak against
apply to (a person)	free of	speak until
careless about	part from	worried by

careless of   part with   worried throughout.

कोणते preposition वापरावे याबद्दल साशंक असाल तर एखाद्या उत्तम शब्दकोशात (dictionary) पाहा.

Which prepositions to leave out?

An object can have more than one preposition.

उदा. Suhas was interested **in** and curious **about** science experiments.

(या उदाहरणात interested बरोबर in हे preposition घेतले आहे. Curious बरोबर about हे preposition घेतले आहे. दोन्ही prepositions वाक्यात असलीच पाहिजेत.)

आता, हे वेगळे उदाहरण पाहा.

Suhas was interested and involved **in** science-experiments.

येथे, interested आणि involved ही दोन्ही in हे prepostion घेतात. हे preposition पुन्हा पुन्हा वापरल्यास वाक्य निष्कारण लांब होते, म्हणून in हे preposition एकदाच वापरा.

Between / Among

दोन गोष्टी किंवा दोन व्यक्तींसंबंधी between चा वापर पाहा.

Sita sits **between** Suhas and Mohan.

The discussion was going on **between** Mr. Shastri and Mr. Patel.

तीन किंवा तीनपेक्षा जास्त गोष्टींच्या अथवा व्यक्तींच्या बाबतीत Among चा वापर करा.

Suhas sat **among** his firends.

I like the game of cricket **among** all the games.

Prepositions च्या साहय्याने वाक्य पूर्ण करावे.

Often we end sentences with prepositions.

उदा. Whom is she waiting **for**?

Whom is Mohan going **with**?

काही जण पुढीलप्रमाणे वाक्य लिहिणे स्वीकारतात :

For whom is she waiting?

With whom is Mohan going?

तुम्हाला, जी रचना आवडेल ती घ्या.

21. CONJUNCTIONS

Def. A conjunction is a word which merely joins together sentences or words.

दोन किंवा अधिक शब्द, दोन किंवा अधिक वाक्यांश किंवा दोन किंवा अधिक वाक्ये जोडण्यासाठी ज्या शब्दांचा वापर होतो त्या शब्दांना Conjunctions (उभयान्वयी अव्यये) म्हणतात.

उदा. I went **and** he came.

Our work is little **but** it is important.

He must go out of Bombay **or** he must resign.

He is clever **and** honest.

Kinds of Conjunctions

<u>I) Co-ordinative</u> (समान दर्जा देणारी)

1) Cumulative or copulative
2) Adversative
3) Disjunctive or Alternative.
4) Illative.

II) Subordinating (गौण दर्जा देणारी)

1) Time
2) Reason
3) Purpose
4) Result
5) Condition
6) Concession
7) Comparison

Def : A co-ordinating conjunction joins together clauses or **phrases** or **words** of **equal rank.**

Co-ordinating conjunction हे समान दर्जाचे दोन शब्द किंवा दोन

वाक्यांश (Phrases) किंवा दोन वाक्ये जोडतात.

उदा. The boys played **and** they went home.

येथे The boys played व they went home ही दोन समान दर्जाची स्वतंत्र वाक्ये आहेत आणि ती and या conjunction ने जोडली आहेत.

The chief (मुख्य) co-ordinating conjunctions are : And, but, for, or, nor, also, either ------- or, neither -------- nor.

Co-ordinating conjunctions चे चार प्रकार आहेत.

1. Cumulative किंवा Copulative : and, or अशी conjunctions फक्त एक विधान दुसऱ्या विधानाशी जोडण्याचे काम करतात.

उदा. I saw him **and** he ran.

2) Adversative : but, still, however. या प्रकारची conjunctions दोन विधानांतील विरोध (contrast) दर्शवितात.

उदा. He is poor **but** he is honest.

3) Disjunctive किंवा Alternative : either-or, neither nor, or, else. ही conjunctions दोन विकल्पांतील कोणते निवडावे (choice) किंवा दोन्ही विकल्पांतील नकार दर्शवितात. उदा. निवड दर्शविण्यासाठी

Pay me money **or** you will be imprisoned.

Either he is wrong **or** I am.

Either she will be absent **or** will come in time.

Neither he will study **nor** he will serve.

दोन्हींचा नकार : **Neither** a borrower **nor** a lender be.

Run fast, **else** he will catch you.

4) Illative : For, so, therefore ही conjunctions कारणांवरून परिणाम (result) किंवा परिणामांवरून कारण (cause) दर्शवितात.

उदा. He did not study **so** he failed. (परिणाम)

She did not answer correctly **therefore** she was not selected.

He was punished **for** he made the mischief. (कारण)

Def. A subordinating conjunction joins a clause to another on which it depends for its full meaning.

Subordinative conjunctions ही एक गौण उपवाक्य दुसऱ्या मुख्य वाक्याशी जोडतात.

Subordinating conjunctions दोन प्रकारची असतात. पहिला प्रकार म्हणजे

Noun Clauses असणारी. ही that या conjunction ने होतात. उदा. She said to him **that** she was not going to attend the meeting. दुसऱ्या प्रकारामध्ये Adverb clauses असतात.

(i) Time (काळ, वेळ)

I went home **after** he returned.

I waited **till** the train arrived.

Do not go **before** I come.

Many things have changed **since** I saw you.

Ere you do, I must do this.

(ii) Cause or Reason : (कारण)

I can say so **because** I know the facts.

I will do it **since** you want it.

I spoke to the clerk **as** the teacher was absent.

(iii) Purpose (हेतू)

We eat **that** we may live.

He caught me **lest** he would fall.

(iv) Result or Consequence : (परिणाम)

He was so sincere **that** nobody could blame him.

(v) Condition : (अट)

If he will not come I shall not talk with him.

Nobody will attend the meeting **unless** he comes.

(vi) Concession or contrast (विरोध)

I will not play **though** he beats me.

Though he will do this, I will not blame him.

It is true **although** it is unfair.

(vii) Comparison : (तुलना)

Rama is cleverer than Hari.

Exercises

i) Point out the conjunctions in each of the following sentences, and state whether they are Co-ordinating or Subordinating :

1) You will not pass unless you study hard.
2) Since you say so, I must agree.
3) I shall be angry if you say so.
4) I waited till he came.

5) Do not go before I came.
6) I cannot help him for I am in difficulty.
7) Though he is poor, he is honest.
8) I hear that your sister is at Pune.
9) Give me money, else I shall starve.
10) Sunita sings better than Vina.
11) I will stay until you return.
12) He repented after he had done this.
13) We can travel by air or water.
14) I don't know whether it is true or false.
15) A book is a book, although there is nothing in it.
16) I was too much angry, still I kept quiet.
17) He was all right, only he was tired.
18) He is sincere and honest.
19) Though he is poor, he is honest.
20) Raju works faster than Sunita.
21) Man proposes and God disposes.
22) Many people came but the meeting did not take place.
23) Either you will have to speak the truth or surrender.
24) If you will not abstain from smoking, you will die.
25) Many people get a failure, though they work hard.
26) They will be punished, if they do not give a proper report.
27) The judge will give his decision after he has thought seriously.
28) I have not met him since he left Bombay.
29) He is slow but he is sure.
30) We travel that we may get knowledge.
31) He studied hard and got first class.
32) Many scientists do not believe that God exists.
33) He is virtuous, but nobody respects him.
34) He is not respected because he uses bad words.
35) Forests are full of tigers and lions.
36) He was late so he did not come.
37) He is either honest or hard working.
38) If he will take wine, he will be ill.
39) If he runs fast he will win.
40) If Sunil scores many runs in this match, he will be selected in the Test.

ii) Fill in the blanks with appropriate conjunctions.

1) Be honest ----------- you will be punished.
2) He is poor ----------- he is sincere.
3) She will stay at Pune ----------- Bombay.
4) I did not talk with him ----------- he harrassed me.
5) I pardoned him ----------- he made mischief.
6) Sunita is wiser ----------- Vina.
7) Many boys wanted to talk with him ----------- he did not talk.
8) Raju did not score satisfactory runs ----------- he was not selected.
9) Rana Pratap was honest ----------- sincere.
10) Some men came there ----------- fought with Sunil.
11) ----------- you want to stand in the first class, you must study regularly.
12) These people are ----------- tired ----------- lazy.
13) He is ----------- clever ----------- hard working.
14) Seeta could not dance nicely ----------- she did not get a prize.
15) ----------- he will not give a good speech, he will be blamed.
16) ----------- he practised hard, he did not win.
17) He brought a nice pen for her ----------- she did not like it.
18) He could not meet her, ----------- she had been to Pune.
19) Bombay City is crowded ----------- I don't like it.
20) ----------- you stand first, you will be honoured.
21) He will not show you any respect ----------- you do him justice.
22) Nepoleon saw, fought ----------- won.
23) Mina is ----------- right ----------- wrong.
24) She is ----------- foolish ----------- dishonest.
25) Think twice ----------- you do a certain thing.

22. INTERJECTIONS

Def : Interjection is a word which expresses some sudden feeling or emotion.

जो शब्द बोलणाऱ्याच्या मनातील उत्कट भावना अथवा भाव व्यक्त करतो त्या शब्दाला Interjection म्हणतात.

उदा. **Alas** ! I am ruined. (येथे 'Alas' हे Interjection).

Hurrah ! We won the match. (येथे Hurrah हे Interjection)

Alas, Bravo, Ha, Hum, Hurrah, Hallo,

अशा तऱ्हेच्या शब्दांनी आनंद, दुःख, आश्चर्य इत्यादी भावना व्यक्त होतात. अशा शब्दांना इंग्रजीत Interjection व मराठीत केवलप्रयोगी अव्यये असे म्हणतात.

आनंद व्यक्त करण्यासाठी : hurrah! hurray!
दुःख व्यक्त करण्यासाठी : alas!
आश्चर्य व्यक्त करण्यासाठी : ha! what!
कौतुक करण्यासाठी : bravo!

अशा तऱ्हेच्या शब्दांचा वाक्यातील दुसऱ्या कोणत्याही शब्दाशी संबंध नसतो.

काही शब्दसमुदायसुद्धा भाव व्यक्त करतात.

उदा. Ah me ! For shame ! Well done ! Good gracious !

Exercise

Fill in the blanks with proper interjections :

1) ------------ we lost the match.
2) ------------ I got first class.
3) ------------ You have done a nice thing.
4) ------------ I have really secured 95 percent marks.
5) ------------ Nothing can be done now.

23. THE PHRASE AND THE CLAUSE

PHRASE : The phrase is a group of words, which forms a part of a sentence. But this group does not make a complete sense.

(Phrase म्हणजे शब्दसमुदाय असून तो वाक्याचा एक भाग असतो, परंतु त्याचा अर्थ पूर्ण असत नाही.)

उदा. The sun sets in the evening

येथे in the evening ही phrasc आहे.

Show me how to do it.

येथे 'how to do it' ही phrase आहे.

CLAUSE : A group of words which forms a part of a sentence, and containing a subject and a predicate is called a Clause.

(Clause हा वाक्यातील एक शब्दसमुदाय असतो, परंतु त्याला स्वतंत्र उद्देश्य व विधेय असते. ते एक उपवाक्य असते.)

उदा. (i) We cannot start **while it is raining.**

(ii) I know the man **who has done this.**

(iii) **Boys who study** sincerely are respected.

(iv) Suhas thinks **that you have done a wrong thing.**

(वरील वाक्यांत ठळक अक्षरांतील भाग हे Clauses आहेत.)

Exercise

Find out the clauses from the following sentences :

(पुढील वाक्यांतील Clauses शोधून काढा.)

1) I know that he is a great fool.
2) She reads many books which are interesting.
3) The people who are honest are respected.
4) I know that he has failed.
5) His results which are not satisfactory are true.

6) I think that he will not come.
7) The girls who are running are active.
8) What he says is true.
9) There is no meaning in what you say.
10) We love those who love us.
11) He was so weak he could not speak.
12) He is not so clever as you think.
13) Since you say so, I must believe it.
14) He did it as I told him.
15) I do not know when I shall return.
16) This is where I live.
17) His fear is that he may fail.
18) We know that Rama is clever.
19) The report that he was killed is untrue.
20) Ask if dinner is ready.

24. CLAUSES

There are two kinds of clauses

1. Main clauses (sometimes called independent clauses) with subject and verbs that can stand alone as sentences.

(Main Clauses म्हणजे मोठ्या वाक्यांमधील स्वतंत्र clauses जे कोणत्याही दुसऱ्या clause वर अवलंबून नसतात.)

2. Subordinate Clauses (called dependent clauses) which have subjects and verbs but cannot stand independently.

(Subordinate Clauses म्हणजे अर्थासाठी दुसऱ्यावर अवलंबून असणारे clauses.)

उदा. — after the rain stopped—

— that stands in the front yard—

— that I told you about—

There are three kinds of subordinate clauses :

(i) Noun Clauses. (ii) Adjective clauses. (iii) Adverb clauses.

Noun clause

A clause which does the work of a Noun is called a Noun Clause.

Characteristics (वैशिष्ट्ये)

1. The noun clause will have a subject and a verb and will usually start with one of these words –

Who	Which
Whose	What
Whom	that

उदा. No one knew <u>whose</u> book was lost. I talked with <u>whom</u> ever the company sent to settle my claim.

<u>Which</u> party is guilty is the question.

There is no excuse for <u>what</u> happened.

Suhas told <u>that</u> his work was nice.

2. Sometimes the first word in the noun clause is the subject of the verb of the clause.

उदा. I don't know <u>who</u> came to the door.

3. The Noun clause may be an object of the verb.

उदा. I expect <u>that</u> I shall get a prize.

4. Sometimes, the first word in the noun clause is the object of the verb or a predicate word.

उदा. <u>What</u> he saw startled him.

No one knew <u>who</u> she was.

Function : The noun clause may function in many of the same ways a single noun functions :

1. As a subject –

उदा. **What he said** was true.

2. As an object of a verb –

उदा. I hoped that **it was true.**

I asked the boy **how old he was.**

3. As the object of a preposition –

उदा. There is no meaning in **what you say.**

Pay careful attention to **what I am going to say.**

4. In Apposition to a Noun or Pronoun –

उदा. Your statement **that you found the money** will not be believed.

5. The complement of a verb of incomplete predication (पूरकासारखा वापर) –

उदा. My belief is **that he will not come.**

This is **where I live.**

His great fear is **that he may fail.**

Adjective Clauses

Def.:- An Adjective clause is a group of words which contains a subject and a predicate of its own, and does the work of an Adjective.

जो clause विशेषणासारखे कार्य करतो तो Adjective Clause.

Characteristics (वैशिष्ट्ये)

The Adjective clause will have a subject and a verb and will usually.

start with one of these words :

Who Whose Whom

Which that

Sometimes, when and where can introduce an adjective clauses.

उदा. The umbrella **which has a broken handle** is mine.

(Subject : which; Verb : has)

I remember the house **where I was born.**

This is a place **where the accident happened.**

(Subject : accident; Verb : happened)

Function : The adjective clause functions in the same way as a single adjective functions: it answers which one? what kind? or how many? about a noun.

Warning : Sometimes the clue word (especially the word 'that') is not included :

उदा. Here is the house I told you about.

[(that) I told you about' is the adjective clause.]

Hints :

Hint 1:

(a) Who (or whom or whose) refers to people.

उदा. He is the man who made all those promises.

(b) Which refers to things or non-human animals.

उदा. (i) This tree, which is taller than any others nearby, provides shade for both of our yards. (yard-आवार)

('which' refers to the 'tree')

उदा. (ii) Our neighbour owns a dog which howls during the early morning hours.

('which' refers to the non-human `dog')

(c) 'That' also refer to things or non- human animals, but it should not be used when the adjective clause is set off with commas.

उदा. (i) This tree, which [not `that'] is taller than any others nearby, provides shade for both of our yards.

उदा. (ii) Our neighbour owns the dog that howls during the early morning hours.

Hint 2

Do not use 'what' to begin an adjective clause.

उदा.

Incorrect : The car what is painted blue is my mother's car.

Correct : The car that is painted blue is my mother's car.

Correct : The car which is painted blue is my mother's car.

Hint 3

Be sure that the adjective clause is placed next to the word it modifies.

Adverb Clause

Def. व्याख्या :– An Adverb clause is a group of words which contains a subject and a predicate of its own, and does the work of an Adverb.

(जो clause क्रियाविशेषणाचे कार्य करतो तो Adverb clause होय.)

Characteristics (वैशिष्ट्ये)

1. The adverb clause will have a subject and a verb and will start with one of these words :

after	because	though
although	before	unless
as	even though	until
as if	if	when
as long as	in order that	whenever
as much as	provided that	where
as soon as	since	wherever
as though	so that	while
lest	than	

2. Other characteristics of the adverb clause are similar to those of a noun clause.

Function : The adverb clause functions just as a single-word adverb :

(i) it modifies verbs, adjectives, and other adverbs.

(ii) It tells when, where, why, how, to what extent, and under what condition, an action is happening, when it modifies a verb.

उदा. I will do it when I think fit.
You can put it wherever you like.
You are taller than I thought.
He ran so quickly that he soon overtook me.
Write it down lest you forget all about it.
Because I like you, I shall help you.
If it rains we shall stay at home.
He spoke in such a low voice that few could here him.
He is older than he looks.
It all ended as I expected.
Though I am poor I am honest.

Kinds of Adverb Clauses

Adverb Clause of

1) Time
2) Place
3) Purpose
4) Cause
5) Condition
6) Result
7) Comparison
8) Supposition

1) Adverb Clauses of Time :

Adverb Clauses of Time are introduced by the words : whenever, while, after, before, since, as, etc.

उदा. Don't talk **while she is singing.**
He came **after night had fallen.**
Do it **before you forget.**
As soon as he heard the news he wrote to me.

2. Adverb Clauses of Place :

Adverb Clauses of place are introduced by the words : where, wherever, whence, whither, etc.

उदा. They can stay **where they are.**

You can put it **wherever you like.**

Where you live I will live.

3. Adverb Clauses of Purpose :

Adverb Clauses of Purpose are introduced by the words : that and lest.

उदा. I die **that France may live.**

Obey **lest you will be punished.**

4. Adverb Clauses of Cause or Reason :

Adverb Clauses of Cause or Reason are introduced by the words : because, as, since, that.

उदा. I did it **because I wanted to.**

I am glad **that you like it.**

Since you are so clever you will be able to explain this.

As he was not there, I spoke to his brothers.

5. Adverb Clauses of Condition :

Adverb Clauses of Condition are introduced by the words : if, whether, unless.

उदा. **If I like it** I shall buy it.

You must go **whether you hear from him or not.**

Unless you work harder you will fail.

WARNING : Sometimes the subordinate conjunction is omitted

उदा. Had I the wings of a bird I would fly away.

6. Adverb Clauses of Result or Consequence :

Adverb Clauses of Result or Consequence are introduced by the word : 'that' frequently (वारंवार), 'so' or 'such' precedes if in the Main Clause.

उदा. So good a man is he **that all respect him.**

He spoke in such a low voice **that few could hear him.**

So cold was it **that many died.**

WARNING : 'That' is sometimes understood, and not expressed.

उदा. He was so weak **he could not speak.**

It was so small **I could not see it.**

7. Adverb Clauses of Comparison (तुलना) :

Adverb Clauses of Comparison are of two kinds :

(i) Adverb Clauses of Comparison of Degree.

(ii) Adverb Clauses of Comparison of Manner.

Adverb Clauses of Comparison of Degree are introduced by the Subordinating Conjunction 'than' or by the Relative Adverb 'as' :

उदा. You must work harder **than I do.**

He is not so clever **as you think.**

WARNING : The verb of the Adverb Clause of Comparison of Degree is often understood and not expressed.

उदा. Few are better leaders than he (is).

You like idly better than I (like it).

8. Adverb Clauses of Supposition or Concession or Contrast :

Adverb Clauses of supposition or Concession are introduced by the words : though, although, even if.

उदा. **Though he is poor** he is contended.

Although I forbade this you have done it. (forbade – मना केले.)

Even if it rains I shall come.

WARNING : Do not confuse adverb clauses with prepositional phrases.

उदा. After dinner, I took a nap.

(After अधिक नाम dinner यामुळे prepositional phrase होते.)

परंतु, After we ate dinner, I took a nap.

(येथे after आणि subject आणि verb यामुळे adverb clause होतो.)

I have slept since one O'clock.

(येथे since आणि नाम यामुळे prepositional phrase होते.)

परंतु I have slept since I come home from work.

(येथे since आणि subject आणि verb यामुळे adverb clause होतो.)

Exercise

1. Write ten sentences containing Adverb Clauses.
2. Write five sentences containing Adverb Clauses of Time.
3. Write five sentences containing Adverb Clauses of Place.
4. Write five sentences containing Adverb Clauses of Purpose.
5. Write five sentences containing Noun Clauses.
6. Write five sentences containing Adjective Clauses.
7. Write five sentences containing Adverb Clause of Manner.
8. Write five sentences containing Adverb Clause of Concession.
9. Write five sentences containing Adverb Clause of Result.
10. Write five sentences containing Adverb clause of Cause.
11. Write five sentences containing Adverb Clause of Comparison.

II. Pick out the Clause in each of the following sentence, and say what kind of clause it is, and with what word it is connected.

1. He admitted that he wrote the letter.
2. He ate when he was hungry.
3. Patels live where the climate is good.
4. All the ladies returned when it was evening.
5. I think that he will die.
6. I know a place where roses grow.
7. Suhas will wait until the next train comes.
8. Mina says that she met your mother.
9. Come when you like.
10. Mohan will always regret the day when he did this.
11. I refer to the year when the monsoon failed.
12. I was reading a book which I had read before.
13. Can a man live whose soul is dead?
14. I do not believe what he says.
15. The boy who sits near me is my cousin.
16. That was the reason why he came late.
17. He never does anything that is silly.
18. He met a girl whose eyes were blue.

19. The dog that bites does not bark.
20. I am glad that he has recovered from his illness.
21. We have come that we may help you.
22. They fought as heroes do.
23. You may sit wherever you like.
24. I shall remain where I am.
25. Because you have done this I shall punish you.

III) Pick out each Adjective Clause in the following sentences and say which noun or pronoun in the main clause it qualifies.

1) We obeyed the order the teacher gave us.
2) It is an ill wind that blows nobody good.
3) He laughs best who laughs last.
4) The plan you propose is a very good one.
5) It is a long lane that has no turning.

IV) Pick out the Noun Clauses. Say whether they are the Subject of some verb or the Object of some verb or the Complement of some verb or are in Apposition to some noun or pronoun, or the Object of some preposition :

1) I think you have made a mistake.
2) He says her mother is ill.
3) Can you tell who wrote 'Swami'?
4) Ask if dinner is ready.
5) They guessed what he meant.
6) The truth is that we have been deceived.
7) It is not clear who has done this.
8) My verdict is that the prisoner shall die.
9) There is no meaning in what you say.
10) Life is what we make it.

V) Pick out the Adverb clauses in the following sentences and tell the kind of each clause. Also point out the word in the main clause which it modifies :

1) We sow that we may reap.
2) He lost more than he could afford.
3) He speaks better than he writes.

4) Since you desire it, I will look into the matter.
5) It is so simple that a child can understand it.
6) If you have tears, prepare to shed them now.
7) Though he is poor, he is hard working.
8) He is as stupid as he is lazy.
9) It all ended as I expected.
10) Though the heavens fall, justice must be done.
11) Had I not seen this with my own eyes I would not have believed it.
12) Whatever may be the result, I shall refuse.
13) He was very pleased that you have passed.
14) Let him be arrested wherever you may be found.
15) Before you go bring me some water.
16) Just as he entered the room the clock struck.
17) He is so old he can hardly walk.
18) So cold was it that many died.
19) Nobody knows it better than I.
20) I shall be able to get in although I have no ticket.

25. KINDS OF SENTENCES: SIMPLE, COMPOUND, COMPLEX

आपण clause आणि phrase म्हणजे काय हे पूर्वी शिकलो आहोत. Clauses वर आधारित पूर्ण वाक्यांचे जे प्रकार होतात ते म्हणजे simple, compound आणि complex sentences हे होत.

Def : A simple sentence is one which has only one subject and one predicate.

Or

A simple sentence is one which has only one finite verb.

(ज्या वाक्यात एकच finite verb असते ते साधे वाक्य होय.)

उदा. I have seen many dramas.
He did not come yesterday.
Bombay is a very big city with wide roads.

Def : A Compound sentence is one made up of two or more Principal or Main Clauses.

उदा. He saw me and he went away.
It was raining and we had no umbrellas.
The teacher entered the room and we stood up.

A Compound Sentence

Double — Multiple

A compound sentence with two main clauses is called Double sentence and with three main clauses it is called as a Multiple sentence.

उदा. He came home and I went out. (Double)
Ramesh went to the market and he purchased some vegetables and went home. (Multiple).

Def : A Complex sentence is a sentence in which there is one and only one main Clause and the other Clauses are Subordinate.

उदा. I saw a man who was reading.

I know the man who said that this would happen.

लक्षात घ्या – 1) एकच finite verb असणारे वाक्य म्हणजे Simple sentence होय.

२) दोन किंवा दोहोंपेक्षा अधिक clauses असून ते स्वतंत्र असतात त्या वेळी Compound Sentence होते. Compound Sentence मध्ये clauses हे co-ordinating conjunctions ने जोडलेले असतात. दोन clauses असलेल्या compound sentence ला Double आणि दोहोंपेक्षा जास्त clauses असणाऱ्या Compound sentence ला Multiple म्हणतात.

३) Complex Sentence मध्ये फक्त एकच clause Main clause असतो. बाकीचे clauses त्यावर अवलंबून असणारे म्हणजेच subordinate असतात.

Exercise

पुढील वाक्यांतील Simple, Compound आणि Complex Sentence शोधून काढा. Compound sentence च्या बाबतीत Co-ordinating clauses वेगवेगळे दाखवा व आलेली conjunctions लिहा. तसेच Complex Sentence च्या बाबतीत clauses वेगवेगळे करून दाखवा. नंतर main clauses व subordinate clauses दाखवा.

1) She saw the man who was singing a sond.
2) They did not know the man.
3) All the chidren were in school-uniforms.
4) He saw the match which was interesting.
5) My father said that he would not tolerate the things which are harmful.
6) Mohan met us in the theatre which was near the market.
7) My house which was painted last month looks quite new.
8) Many people came there but nobody waited there and wasted their valuable time.
9) Man who was blind did not like to wait there.
10) My friends saw many things which were beautiful.
11) After seeing the match they went home.

12) As there was too much rush, we could not enter the hall which was very small.
13) People often saw the beautiful pictures which were of different sizes.
14) I went at his house but he was not there so I had to return back.
15) Mohan waited for me on the station and then went away.
16) We saw various animals at the Zoo and then we went to the hotel and took tea.
17) A lot of my friends were there but I did not wait for them.
18) Sunita did not like him because he is dishonest.
19) There were a lot of people on the road and some of them were blind and some of them were dumb.
20) If you had been there you would not have tolerated their behaviour.
21) I went there and saw him but he did not recognise me.
22) Though I did not say a word, he scolded me.
23) We went to Pune on last Monday and returned on Tuesday, but nobody met us.
24) He did not turn up since he lost his mother who was sick.
25) If you are not honest don't try to blame others as you have no right to do so.

26. ANALYSIS OF SIMPLE SENTENCES

Study the following illustrative examples and see how the detailed analysis is done.

First find out the subject part and the predicate part. Then divide the subject part in two parts namely proper Subject and its Attribute.

The subject denotes the person or thing about which something is said.

The predicate is what is said about the person or thing denoted by the subject.

In the complete subject, the Subject-word is qualified by an Adjective or Adjective-equivalent called the Enlargement or Attribute.

In the Predicate part there are different forms of words namely verb, object, complement, adverbial qualifications.

Study the table on page 130 which shows a detailed analysis.

Analyse the following sentences.

1) This circumstance certainly makes the matter very serious.
2) Sunil's friends elected him the monitor of the class.

Exercise

Analyse the following sentences :

1) Most young speakers appear nervous.
2) Mathematics is his favourite subject.
3) The owner of the car appeared suddenly.
4) The clever boy did the homework seriously.
5) The girls were dancing in the hall in a happy mood.
6) I had seen the circus long back.

	SUBJECT		PREDICATE			
Sr. No.	Subject-word	Attribute	Verb	Object	Complement	Adverbial Qualification
1.	Circumstance	this	makes	the matter	very serious	certainly
2.	Friends	Sunil's	elected	him	monitor of the class.	

7) The green trees were dancing in the field.
8) Hardworking Suhas obeyed the orders of the teacher sincerely.
9) She read eighty pages of the book in eight hours.
10) Ramu did not like this idea.
11) The arrogant people troubled the workers in many ways.
12) Seven men took a walk on the sea-shore.
13) My friends worked hard for eight days.
14) The sincere boys obeyed the orders of their teachers regularly.

27. ANALYSIS OF COMPLEX AND COMPOUND SENTENCES

Analysis of Complex Sentences

RULES :

1. Pick out the finite verb of each clause.

2. If a finite verb is understood, that is not expressed, supply it and place it within brackets.

3. Find out the subject to each finite verb.

4. If the subject to any finite verb is understood, but not expressed, supply it and place it within brackets.

5. Demarcate the clauses by writing out each clause in full with its subject, predicate and extensions, if any.

6. Determine which of the several clauses is the Principal or Main Clause.

7. Classify the remaining (Subordinate) clauses according to the function they discharge.

8. Finally, determine the relationship of the Subordinate Clauses to the Principal Clause and to one another.

Study the following examples of clause Analysis carefully-

Ex. 1 He did not know that his father had been shot.

Analysis :

i) He did not know ---------- (Principal Clause)

ii) That his father has been shot ----------
(Noun clause, object of 'did not know' in [i])

Ex. 2 All that glitters is not gold.

Analysis :

i) All is not gold ---------- (Principal Clause)

ii) that glitters ---------- (Adj. Clause qualifying 'all' in clause No.[i])

Ex. 3 Nothing can describe the confusion of thought which I felt when I sank into the water.

Analysis :

a) Nothing can describe the confusion of thought ---------- (Principal Clause)

b) which I felt ---------- (Adj. Cl. qualifying the noun 'confusion' in 'a')

c) when I sank into the water ---------- (Adverb Clause, of time modifying 'felt' in clause 'b')

Ex. 4 Whenever he heard that question, the old man who lived in that house, answered that the earth is flat.

Analysis :

a) The old man answered ---------- (Principal Cl.)

b) Whenever he heard the question ---------- (Adv. Cl. of time modifying 'answered' in 'a')

c) Who lived in that house ---------- (Adj. Cl. qualifying 'man' in 'a')

d) that the earth is flat ---------- (Noun Cl. obj. of 'answered' in 'a')

Analysis of Compound Sentences

In analysing a Compound Sentence, proceed as follows : -

i) Pick out the finite verb of each clause.

ii) If the Finite Verb is understood, supply it.

iii) Pick out the subject to each Finite Verb.

iv) If the subject to any Finite Verb is understood, supply it.

v) Then show the relation of the clauses to each other.

vi) Pick out the Connective word. If it is not expressed supply it.

Examples of Clause Analysis of Compound Sentences.

Ex. 1 Johnson is indeed a great reasoner and inculcates his doctrines with much zeal, piety and earnestness, but his style is verbose.

Analysis :

a) Johnson is indeed a great reasoner ---------- (Principal Cl.)

b) and he inculcates his doctrines with much zeal, piety and earnestness ---------- (Co-ordinate with 'a')

c) but his style is verbose ---------- (Co-ordinate with 'b')

Ex. 2 One day my friend came to me, and told me that he wished to get wealth by a fortunate marriage with a girl whom he dearly loved, whose father had left her a lot of money only for her.

Analysis : This is a Compound or Double sentence, consisting of –

a) One day my friend came to me. (Principal Clause)

b) (My friend) told me ---------- (Principal clause co-ordinate with 'a')

b(i) That he wished to get wealth by a fortunate marriage with a girl, (Noun Clause, obj. of 'told' in 'b')

b(ii) Whom he dearly loved. (Adj. Cl. subordinate to b(i) qualifying 'girl')

b(iii) Whose father had left her lot of money only for her. (Adj. Cl. subordinate to b (i), qualifying the noun 'girl' and co-ordinate with clause b(ii))

Exercise

Analyse the following sentences into clauses, showing the relation of the clauses. State the kind of each sentence.

1) Milton said that he did not educate his daughters in the languages, because one tongue was enough for a woman.
2) To be content with what one has is the greatest happiness, because he who increases his desires increases his cares also.
3) The pain which is felt when we are first transplanted from our native soil is one of the most poignant which we have to endure through life.
4) He appeared to be a man who was always looking down as if he tried to recollect something he had said the previous

day.

5) Since the Eskimo lives in a climate where vegetation can hardly grow, he must catch fish for his food.
6) Elephants are most useful in the forests of Burma, where they are employed in dragging timber to a river, down which it may be floated.
7) When the logs meet some obstacle, the assistance of elephants is again required to push them to where they can be floated to a seaport.
8) How well they know the truth is proved by the fact that, when it begins to rain, they stand still or even lie down.
9) The Dalai Lama was the ruler of Tibet and he was worshipped by the people, because they believed that he was a reincarnation of Buddha.
10) The Tibetans are very fond of tea, of which those who can afford it drink 30 or 40 cups a day, but they do not like Indian tea, preferring that which comes from China.
11) In order that the transport of timber from the interior of forests may be facilitated, roads and railways have been made and saw-mills have been erected in the forests, so that timber may be cut up on the spot to make it move portable.
12) In India the forests are a source of considerable revenue to the State, and are carefully protected so that they may not be damaged by fire or by indiscriminate cutting.

28. TRANSFORMATION OF SENTENCES

एका व्याकरणरूपात असलेल्या वाक्याचे दिलेल्या अटींनुसार दुसऱ्या व्याकरणरूपात मूळ वाक्याचा अर्थ न बदलता केलेले वाक्य म्हणजे 'Transformation' होय. 'Transformation' करताना वेगवेगळ्या अटींनुसार बदलावयाचे रूप कसे बदलतात त्याच्या रीती पाहू.

1. Adverb (क्रियाविशेषण) 'too' काढून टाकण्यासाठी

You are too young to understand this. (Remove 'too')

You are so young that you cannot understand this.

Exercise

1. He is too tired to walk any further. (Use 'so ----- that' removing 'too')
2. I reached the station too late to catch the train. (Removing 'too')
3. It is too far to go on foot. (Use 'so ----- that')
4. She was crying too much to give any answers. (Remove 'too')
5. He is too poor to pay his fees. (Use 'so ----- that')
6. I think that is too good to be true. (Remove 'too')

2(A) Interchange of Active into Passive Voice (कर्तरीचा कर्मणी प्रयोगात बदल करणे.)

पुढील वाक्ये नीट अभ्यासा.

i)	Active :	Mohan killed Ramu.
	Passive :	Ramu was killed by Mohan.
ii)	Active :	Send for the doctor.
	Passive :	Let the doctor be sent for.
iii)	Active :	Enter by this door.
	Passive :	You are requested to enter by this door.

iv) Active : Who broke this?
   Passive : By whom was this broken?

v) Active : They laughed at me.
   Passive : I was laughed at by them.

Exercise

Change the following sentences into Passive form :

1) Suhas eats a mango.
2) Keep left.
3) Many people sang songs on that day.
4) It is now necessary to consult the doctor.
5) Please remember it.
6) Who can sing a sweet song ?

B) Interchange of Passive into Active Voice

i) Passive : An apple is eaten by him.
   Active : He eats an apple.

ii) Passive : You are requested to speak slowly.
   Active : Please speak slowly.

iii) Passive : By whom was this work done?
   Active : Who did this work ?

Exercise

Change the following sentences into Active form.

1) Everyone was charmed with her fine singing.
2) Old birds cannot be caught with staff.
3) You are requested to abide by the rules of the school.
4) By whom was the necklace stolen ?

3. Interchange of the Degree of Comparison

One Degree of Comparison can often be changed for another without changing the meaning. Study the following examples carefully

i) Positive : Vinod is as clever as Rahul.
   Comparative : Rahul is not cleverer than Vinod.

ii) Superlative : Sunita was the most beautiful girl in the school.
Comparative : Sunita was more beautiful than any other girl in the school.
Positive : No other girl in the school was so beautiful as Sunita.

iii) Superlative : Swimming is one of the healthiest exercises.
Comparative : Swimming is healthier than most other exercises.
Positive : Very few exercises are so healthy as swimming.

Exercise

Change the degree of Comparison in each of thc following sentences without changing the meaning.

1) London is the biggest city in the world.
2) Akbar was one of the wisest rulers.
3) No other city in India is bigger than Bombay.
4) Prevention is better than cure.
5) Iron is the most useful of all the metals.
6) Calcutta is one of the largest towns in India.
7) Very few countries are as rich as England.
8) It is better to starve than to beg.
9) No other mountain is higher than Everest.
10) Kohinoor is one of the largest of diamonds.
11) Suhas is not more industrious than some other boys are.
12) No city in India is more beautiful than Mysore.
13) Vinod is the cleverest boy in this class.
14) Gold is the most costly of all the metals.
15) Vilas is as clever as Mina.

4. Interchange of Affirmative and Negative Sentences :

An affirmative sentence can be changed into the Negative form without changing its meaning and vice versa. Study the following sentences carefully.

i) Affirmative : Everybody admits that he worked well.
Negative : Nobody, denies that he worked well.

ii) Affirmative : You are cleverer than I.
Negative : I am not so clever as you.

iii) Affirmative : As soon as he saw me he ran.
Negative : No sooner did he see me than he ran.

Exercise

A) Write the following sentences in the Affirmative into Negative ones.

1) Please remember it.
2) Only a fool would do such a thing.
3) He is the only person fit for the post.
4) I was doubtful whether you would come.
5) The rose by any other name would smell as sweet.
6) Ashoka was the wisest king that ever reigned in India.
7) Everybody admits that he did his best.
8) That building is bigger than this.
9) As soon as the boys saw the teacher they ran.

B) Rewrite each of the following sentences without a Negative.

1) It never thunders without lightning.
2) No one can escape his destiny.
3) There is none but wishes to be happy.
4) Learned men are not always correct.
5) Never again will I revisit the shores of France.
6) Mohan was certainly far from faultless.
7) His people are not insincere.
8) Mr. Shah was not blind to the honesty of his labourers.

5) Interchange of Interrogative and Assertive Sentences :

केवळ माहितीसाठी कधीकधी प्रश्न विचारला जात नाही, तर बोलणारा किंवा लिहिणारा त्यामध्ये उत्तर अध्याहृत धरतो अथवा सुचवितो. पण हे उत्तर उलट अर्थाचे अपेक्षित असते. म्हणून विधान होकारार्थी असल्यास प्रश्न नकारार्थी करावयाचा. विधान नकारार्थी असल्यास प्रश्न होकारार्थी करावयाचा. प्रश्न होकारार्थी असल्यास विधान नकारार्थी करावयाचे. प्रश्न नकारार्थी असल्यास विधान होकारार्थी करावयाचे. पुढील वाक्ये नीट अभ्यासा.

i) Interrogative : Is he not mad to do this ?
Assertive : He is mad to do this.
ii) Interrogative : Have I the time for painting?
Assertive : I don't have the time for painting.
iii) Interrogative : Are we not the citizens of India ?
Assertive : We are all citizens of India.
iv) Interrogative : Who can control the flow of the sea ?
Assertive : No one can control the flow of the sea.

Exercise

A) Rewrite the following Interrogations in the assertive form -
(पुढील प्रश्नार्थक वाक्यांचे विधानात्मक वाक्यांत रूपांतर करून पुन्हा लिहा)

1) Is there anything nobler than mother's love?
2) Who can control the anger of God?
3) Should we not make hay while the sun shines?
4) Will a teacher ever forget his pupil?
5) Is it not our duty to serve the country?
6) Arn't these pictures beautiful?

B) Turn the following sentences into questions -

1) Nobody can control the sea-wind.
2) It is our duty to obey our parents.
3) We should be faithful to our friends.
4) There is nothing valuable than friend's help.
5) We should always take the advantage of opportunity.
6) Rahul will never forget his aunt.

6. Interchange of Exclamatory and Assertive Sentences–
Study the following examples

i) Exclamatory : If I could only gain the first prize!
Assertive : I earnestly desire to gain the first prize.
ii) Exclamatory : How beautiful is this garden!
Assertive : This garden is very beautiful.
iii) Exclamatory : What an ignorant man!
Assertive : He is a very ignorant man.
iv) Exclamatory : What a dangerous thing !
Assertive : It is very dangerous.

Exercise

A) Rewrite the following exclamatory sentences in the assertive form -

1) What a piece of work is man!
2) 0 that I had the wings of a dove!
3) What a mess you have made of the whole thing!
4) Would that I were a bird!
5) That he should treat his parents like that!
6) What a good hobby it is!
7) How it had all changed!
8) How late it is getting!

B) Rewrite the following assertive sentences in the exclamatory form -

1) A little knowledge is indeed a dangerous thing.
2) I wish I had never left my home.
3) A little spark may kindle a great fire.
4) I should very much like to see my native land again.
5) The moonlight sleeps most sweetly upon this bank.

7. Interchange of one Part of speech for another -

A sentence may be transformed in such a way that one of its leading words is changed from one Part of Speech to another.

एखाद्या वाक्यामधील महत्त्वाच्या एकाच शब्दाची जात बदलावयास सांगून Transformation करावे लागते. उदाहरणार्थ दिलेल्या वाक्यात नाम असेल त्याचे क्रियापद बनवून वाक्य अर्थ न बदलता तयार करा असे सांगण्यात येते. नामे, क्रियापदे, विशेषणे आणि क्रियाविशेषणे ह्यांच्यात बदल करता येतो. कसे ते पुढील वाक्यांवरून अभ्यासा.

i)	Noun	:	He gave a quick reply.
	Verb	:	He replied quickly.
ii)	Adjective	:	He appears to be honest.
	Adverb	:	He acts honestly in return.
	Noun	:	He shows his honesty.
iii)	Verb	:	I shall not tolerate such behaviour.
	Noun	:	I shall not show tolerance to such behaviour.

Adjective : I shall not be tolerant towards such behaviour.

Exercise

Do as directed

1) But see that it tastes like coffee. (Use the verb 'taste' as a noun)
2) I am not acquainted with him. (Use a noun from 'to acquaint')
3) He succeeded in his efforts. (Use an adjective from 'to succeed')
4) His conduct did not give satisfaction. (Use adjective for 'satisfaction')
5) He promised his assistance to the project. (Use a verb for 'assistance')
6) Leave the room this instant. (Use the adverb from 'instant')
7) There is no meaning in what he says. (Use an adverb instead of the noun 'meaning')
8) Rahul's accuracy is remarkable. (Use an adjective instead of 'accuracy')
9) I shall be glad to hear of your safe arrival. (Replace 'safe' by an adverb)
10) The Act made the Negro-slaves free. (Use a noun from 'free')
11) Any man of sense could perceive that. (Use an adjective instead of 'sense')
12) What do you mean by such deed? (Use a verb instead of 'deed')

8. Use of 'As soon as' for 'No sooner... than'–

पुढील वाक्ये पाहा.

As soon as he had caught sight of me he rushed at me.

No sooner had he caught sight of me than he rushed at me.

'As soon as' च्या रचनेऐवजी 'No sooner than' ची वाक्यरचना करताना पुढील गोष्टी ध्यानी घ्याव्यात.

i) वाक्यात do, did, have, has, had इ. साहाय्यकारी क्रियापद योजणे आवश्यक आहे.

ii) Clauses ची अदलाबदल करताना प्रधान वाक्यातील (main clause) क्रियापद गौण वाक्यात (sub-ordinate clause) व गौण वाक्यातील क्रियापद प्रधान वाक्यात आणावे.

iii) गौण वाक्याचे connective काढून टाकावे, असे केल्याने ते प्रधान वाक्य बनते.

iv) या रचनेत मूळचे होकारार्थी वाक्य (Assertive) नकारार्थी (Negative) बनते.

Exercise

Rewrite as directed.

1. The bells rang as soon as Rajiv Gandhi entered to the city. (Use 'no sooner........than')
2. As soon as he began to be rowdy I went away. (Use 'no sooner ....than')
3. As soon as the bell rang, the boys entered the class-room. (Use 'no sooner... than')
4. No sooner did the man complete his work than he ran home. (Use 'as soon as')
5. No sooner did the train leave than I reached the station. (Use 'as soon as')
6. As soon as the speaker had finished his speech, the people shouted in joy. (Use 'no sooner........than')

9. Conversion of Simple to Compound Sentences and Compound to Simple sentences -

ह्या भागात Simple sentence चे Compound sentence मध्ये रूपांतर कसे करावे व Compound sentence चे Simple sentence मध्ये रूपांतर कसे करावे हे पाहू.

ज्या Co-ordinating Conjunction च्या योगाने एक Principal Clause दुसऱ्या Principal Clause शी जोडून वाक्य Compound बनविता येते त्यातील पुढील काही शब्दयोगी अव्यये लक्षात ठेवावी.

1) And (आणि) किंवा Not only .... but also – दोन वाक्ये जोडताना यांचा नुसता उपयोग करावा.

2) But (परंतु) किंवा yet– एका वाक्याचा दुसऱ्या वाक्याशी विरोध असताना but चा उपयोग करावा.

3) Or किंवा else – जेव्हा दोन वाक्यांत विकल्प दाखविलेला असतो तेव्हा Or किंवा else चा वापर करावा. Or अथवा else चा अर्थ 'नाहीतर' असा होतो.

So अथवा therefore (म्हणजे म्हणून) – ज्या वेळी पहिल्या वाक्यात कारण दिलेले असून दुसऱ्या वाक्यात परिणाम (Result) दिला असेल तर So किंवा therefore चा वापर करावा. पुढील उदाहरणे नीट अभ्यासा.

उदाहरणे :

1) Simple : Seeing this, he began to cry.
   Compound : He saw this and he began to cry.

वरील वाक्यात 'seeing' ह्या Participle ने आरंभ असलेल्या Phrase चे पूर्ण वाक्य बनविले व Compound Sentence करताना 'and' चा वापर केला आहे. त्याच्या उलट नियम Compound चे Simple करताना वापरावा. उदा. –

2) Compound : The boy jumped up and made his escape.
   Simple : Jumping up the boy made his escape.

Simple Sentence मध्ये besides (च्या शिवाय) किंवा in addition to ह्यांचा जेव्हा उपयोग केलेला असतो तेव्हा Compound Sentence करताना not only.......but also चा उपयोग करावा. तोच नियम Compound चे Simple करताना लक्षात ठेवावा. पुढील उदाहरणे पाहा.

3) Simple : Besides teaching the students, he helped them with money.
   Compound : He not only taught the student but also helped them with money.

4) Compound : The nurse not only served her but also gave her medicines free.
   Simple: Besides serving her, the nurse gave her medicines free.

10. Conversion of Simple Sentence to Complex–

A simple sentence can be converted into a complex sentence, by expanding a word or phrases into a subordinate clause. The sub-ordinate Clause may be a Noun, Adjective or Adverb Clause.

(i) Noun Clause

Simple : He hoped to pass.

Complex : He hoped that he would pass.

(ii) Adjective Clause

Simple: An honest man is the noblest work of God.

Complex : An honest man is the noblest work that God has

created.

(iii) Adverb Clause

Simple : He rises with the cock.

Complex : He rises when the cock rises.

11. Conversion of Complex Sentences to Simple -

I. NOUN CLAUSE

Complex sentences, containing Noun Clauses, introduced by the conjunction 'that', a Relative Pronoun and a Relative Adverb, can be converted into Simple ones by the substitution of Nouns for such Noun clauses.

Study the following examples -

1) Complex : He confessed that he was guilty.
   Simple : He confessed of his guilt.
2) Complex : Tell me when and where you were born.
   Simple: Tell me the time and place of your birth.
3) Complex : You are at liberty to criticise what I did.
   Simple: You are at liberty to criticise my action.

II. ADJECTIVE CLAUSE

Study the following examples -

1) Complex : The students who work hard win medals and prizes.
   Simple : The hard working students win medals and prizes.
2) Complex : The services Mrs. Indira Gandhi rendered to India cannot be forgotten.
   Simple : Mrs. Indira Gandhi's services to India cannot be forgotten.
3) Complex : Men are apt to forget the misfortunes that they endured in the past.
   Simple : Men are apt to forget their past misfortunes.

III. ADVERB CLAUSE

(a) By using a preposition or prepositional Phrase :
   Complex : The boy was pleased that he had won a prize.
   Simple : The boy was pleased at having won a prize.

(b) By using a participle :

Complex : The knights charged at each other as they entered the hall.

Simple: Having entered the hall, the knights charged at each other.

(c) By using a Gerundial Infinitive :

Complex : They were surprised, when they heard him confess.

Simple : They were surprised to hear him confess.

12. Conversion of Compound Sentences to Complex -

In transforming a Compound sentence to a Complex one, the second clause must be made the Principal, and the first the Dependent (or Subordinate)

(a) Cumulative Conjunctions :

Compound : Speak the truth, and you need have no fear.

Complex : If you speak the truth, you need have no fear.

(b) Alternative Conjunctions :

Compound : Do as I tell you, or you will regret it.

Complex : Unless you do as I tell you, you will regret it.

(c) Adversative Conjunctions :

Compound : He is poor, but he is honest.

Complex : Although he is poor, yet he is honest.

(d) Illative Conjunctions :

Compound : He worked very hard, and therefore he passed.

Complex : He passed because he worked very hard.

13. Conversion of Complex Sentences to Compound -

In changing a complex sentence into a compound one, the principal clause should be placed last and the Subordinate clause should be placed first.

i) Complex : I have found the book that I had lost.
   Compound : I had lost a book but I have found it.

ii) Complex : We can prove that the earth is round.
   Compound : The earth is round, and we can prove it.

iii) Complex : We sow that we may reap.
Compound : We desire to reap therefore we sow.

14. Interchange of Principal and Subordinate clauses-
Study the following examples -

i) He never promises anything that he does not perform.
He always performs whatever he promises.
ii) He spends all his money as soon as he gets it.
He no sooner gets his money than he spends it all.
iii) He is more industrious than he is clever.
He is not so clever as he is industrious.

Exercises

[I] Change the following simple sentences into compound ones —

1) For all his riches, he is not contended.
2) The fog being very dense, we were forced to halt.
3) Go there at the peril of your life.
4) To add to my misfortune, I lost my purse.
5) It being late, let us go home.

[II] Convert the following compound sentences into simple ones -

1) We must eat or we cannot live.
2) I did not wish to go but he insisted.
3) He finished his exercise and put away his books.
4) Be good and you will be happy.
5) He was ill, therefore, he could not come.
6) Walk quickly, else you will not overtake him.
7) She must weep or she will die.

[III] Expand the following into Complex Sentences -

1) Frugality is a duty.
2) Thunder clouds seldom bring rain.
3) My pride fell with my fortunes.
4) I came on the chance of finding you here.
5) But for his help, we should not have succeeded.
6) The story is too absurd to be believed.

7) I want to know the date of this event.
8) With all thy faults, I love thy still.
9) My success was due to his kindness.
10) Which are the goods of your selection?

[IV] Convert the following Complex Sentences into Simple ones -

1) Let us hope that he will recover.
2) I do not believe that he is honest.
3) What he suggests is not practicable.
4) I admit that Kalidasa was a poet of great spirit.
5) It is declared that he was unjustly punished.

[V] Transform the following Complex Sentences to Compound ones -

1) He is more a fool than a knave.
2) The king cannot impose taxes unless the parliament consents.
3) We eat that we may live.
4) Since duty calls us we must obey.
5) At Rome we must behave as the Romans do.
6) You must be respectable if you would be respected.

[VI] Convert the Complex to Simple sentences -

1) When the cat is away the mice will play.
2) As you sow, so shall you reap.
3) A stone that is rolling gathers no moss.
4) Time which is lost is lost forever.
5) The evil that men do lives after them.
6) Opportunities which are lost seldom return.
7) Youth is the time when the seeds of character are sown.

[VII] Convert from Complex to Compound Sentences -

1) Once a man had a hen, which laid every day a golden egg.
2) Although he is rough his heart is soft.

3) They went to war that they might extend their empire.
4) As soon as the trumpet sounded, the battle commenced.
5) A book's a book, although there's nothing in it.

[VIII] Rewrite the following Complex Sentences, converting the Subrodinate clause in each into the Principal Clause -

1) No sooner did he rise to speak than all were silent.
2) He asked me questions which I couldn't answer.
3) I love study more than ever.
4) Though we are few, we are of the right sort.
5) World-peace seems as remote today as it was thirty years ago.

29. SYNTHESIS OF SENTENCES

Synthesis is opposite of analysis.

1. दोन किंवा अधिक simple sentences एकत्र आणून एक simple sentence बनविणे.

i) By using a participle.

उदा. : Sunanda was tired of studies. She went for a walk.
Sunanda being tired of studies went for a walk.
The thief ran. He had seen the followers coming.
He was afraid.
Seeing the followers coming, being afraid, the thief ran.

ii) By using Absolute Phrases -

उदा. The sun had set. Darkness came.
The sun having set, darkness came.

iii) By using Infinitives.

उदा. : There are some customs. I must follows them.
I have some customs to follow.

iv) By using a Noun or a Noun Phrase in Apposition -

उदा. : Kalidas was the author of Shakuntala. He was a Sanskrit Pandit.
Kalidas, the author of Shakuntala, was a Sanskrit Pandit.

v) By using Prepositions with Nouns or Gerunds -

उदा. : Afzulkhan was murdered. The Mogals heard the news. They ran.
On hearing the news of Afzulkhan's murder, the Mogals ran.

vi) By using Adverbs or Adverbial Phrases —

उदा. : Suhas was ignorant about his abilities. His ignorance was entire.
Suhas was entirely ignorant of his abilities.

Exercise

Combine each set of sentences into one Simple Sentence :

1) Suhas felt tired. He kept his book aside.
2) We saw the drama. It is very fine piece of work.
3) Sunita has a good record. It is impossible to suspect such a girl.
4) The hunter fired his gun. The bullet went over. The lion jumped on him.
5) He had not even one rupee with him. He could not buy a note book.
6) Sunil spoke the truth. He was not afraid of it.
7) I went to Surat last year. I wanted to purchase sweets.
8) There are some religious ceremonies. I must perform them.
9) Suhas is a strong boy. He is very tall. He is in the cricket team.
10) I heard Rama. He was shouting very loudly. He was calling me.
11) The hunter raised his gun. He took aim. He shot the lion.
12) He entertained us. He played violin.
13) The sun rose. The clouds disappeared. They felt happy.
14) She studied there for hours. She did not speak. She did not stop.
15) He was a leader. He did not follow other men. Such was his nature.
16) She forgot her purse. That was careless.
17) I have read Shakespeare. It had profiled me greatly.
18) Mr. Shah keeps some fierce dogs. They will guard his bungalow. They will keep away robbers.
19) Mr. Sule lives in Palghar. He is the Collector. It is a large town.
20) I have told you the facts. I have nothing more to say. I will sit down.
21) Gopalrao could not eat hard food. He was very old. He had lost his teeth.
22) I have some work. I must do it now.

2. COMBINATION OF SIMPLE SENTENCES INTO A COMPOUND SENTENCE.

Simple sentences एकत्र करून एक **Compound Sentence** तयार करणे

आपण, Compound Sentence म्हणजे काय त्याचा अभ्यास केला आहे. आता, दोन किंवा अनेक Simple Sentences एकत्र करून एक Compound Sentence कसे बनवायचे ते पाहू. Conjunctions चाही आपण अभ्यास केला आहे.

(i) and, not only, besides, as well as, moreover, also आणि, likewise, इ. Cumulative Conjunctions च्या मदतीने केवळ एक विधान दुसऱ्या विधानाशी जोडले जाते.

उदा. Vilas sings well. His sister Sunita dances well.
Vilas sings well **and** his sister Sunita dances well.
Suhas has made toys. Vina has made toys.
Suhas, **as well as**, Vina both have made toys.
King Poros was proved to be a great fighter. Even his enemy Alexander recognised this.
Not only was king Poros proved to be a great fighter, but even his enemy, Alexander, recognised this.

(ii) दोन विधानांपैकी एक निवडावयाचे असते त्यावेळी either-----or, neither -------nor, else, otherwise, इ. conjunctions चा उपयोग करून दिलेली वाक्ये जोडता येतात.

उदा. It may be madness. It may be foolishness.
It may be madness **or** it may be follishness.
Suhas is not clever. He is not a hardworking.
Suhas is <u>neither</u> clever **nor** hardworking.

(iii) Adversative Conjunctions दोन विधानांमधील विरोध अथवा फरक स्पष्ट करतात. ही conjunctions म्हणजे but, yet, still , nevertheless, on the other hand, notwithstanding, however, इ. ही वापरून वाक्ये जोडली जातात.

उदा. They began badly. They ended well.
They began badly, **but** they ended well.

Suhas failed. He tried again and again.

Suhas failed, **nevertheless** he tried again and again.

(iv) Illative Conjunctions दोन किंवा अधिक विधानांवरून निष्कर्ष अथवा कारण व्यक्त करतात. ती आहेत therefore, consequently, accordingly, hence, for, since इ.

उदा. I cannot die in peace. I am a sinner.

I cannot die in peace, **for** I am a sinner.

Sunil did not study. He failed.

Sunil did not study, **therefore** he failed.

He will not succeed. He has no confidence.

He will not succeed **since** he has no confidence.

Exercise

Combine the following sets of Simple sentences into Compound Sentence :-

1) Be friendly. Do not be too familiar.
2) Fools build houses. Wise men live in them.
3) I cannot attend the party. You cannot go either.
4) Suhas may be right. Suhas may be wrong.
5) My father is seventy. He continues to be hale and hearty.
6) Work hard. Be careful not to overdo it.
7) I cannot do it. I dare not do it. I will not do it.
8) He is a wealthy man. He did not earn his wealth. He does not know the value of money.
9) He is a rich man. He is not proud of his wealth. He makes no distinction between rich and poor.
10) I was not the only person to hear his strange story. Vilas heard it. He believed it to be true. I did not believe it.
11) I have no knowledge of the book referred to. I am unable to say any good of it. I am unable to say any evil of it.
12) Some men die on a sick-bed. Some men die fighting on the battle-field. Such men die on a bed of honour.
13) The battle seemed likely to be lost. William did not lose his courage. He did not lose his faith in his men. He continued to lead them.
14) He failed once. Again he tried. He got success.

3. COMBINATION OF SIMPLE SENTENCES INTO A COMPLEX SENTENCE

Simple sentences जोडून एक Complex Sentence बनविणे

आपण Complex sentence म्हणजे कसे वाक्य असते याचा अभ्यास केला आहे. Noun Clause, Adjective Clause आणि Adverb Clause यापैकी clauses घालून Simple sentences कशी जोडता येतात ते पाहू.

1. A Noun Clause :

You may be wrong. I cannot say.
I cannot say **whether** you are wrong.
You did this for me. I will not forget it.
I will not forget **that** you did this for me.

2. An Adjective Clause :

Alladin had a lamp. The lamp brought him anything he desired.
Alladin had a lamp **that** brought him anything he desired.

3. An Adverb Clause :

I was quite tired. I could scarcely conceal my tiredness.
I was **so** tired **that** I could scarcely conceal my tiredness.
He may be allowed to speak. He can then explain to us everything.
He can explain to us everything **if** he is allowed to speak.

Exercise

Combine the following sets of Simple Sentences into Complex Sentence :

1. I had some work to do. The work was very difficult.
2. A cricketer should possess self-command. My friend does not possess it.
3. The station-bell rang. The engine whistled. The train moved forward.
4. The fox had many plans of escape. All of them failed at the approach of the enemy.
5. He has done exceedingly well. That is news to us. That has given us much pleasure.
6. None spoke well of that man ten years ago. He was then

very wicked.

7. He was dismissed from office. The reason was not explained to him.
8. Men may fall. Men may rise. Their deeds live on forever.
9. Everybody ran at that place. Accident happened there. Every body was eager to see it.
10. I saw the book. It was beautiful. It contained many things.
11. Many people were present there. They wanted ration-cards.
12. I wanted to go for the picture. It was very nice. I went to the theatre.

Exercise

Combine the following into Complex, Compound or Mixed Sentences :

1. I gave him my sincere opinion. He thanked me for it. It was true.
2. I attended the exhibition. In the exhibition there were many beautiful models. They were worth the gold medal.
3. This diamond has brought me misery. I wish to sell this to Mr. Patel. He wants to possess it.
4. We are sure to die. Death is overdue. Why then should we worry?
5. I gave him repeated advice. I wished him to avoid his mistakes. His mistakes were serious. Often they were fatal.
6. You may do it. You may not do it. Your reward will be in accordance with it. This is reasonable.
7. I heard about the book. I went to the Public Library. I wished to read it. The library was not far from my home.
8. Shivaji was armed with a coat of mail. Hence Afzalkhan's blows had no effect on him. The blows fell thickly on the coat of mail. They were harmless.
9. Aurangzeb had imprisoned his father. The father was at the time an old man. He himself was approaching death.

Additional Exercise

1. Combine the following into a Complex Sentence :

(i) I purchased a house.

(ii) I purchased it from a Bania.

(iii) It was a two-storeyed house.

(iv) It had a fine view.

(v) It cost me five lakh rupees.

2. Combine the following set of sentences into one sentence :

(i) A miser had lost a purse of gold.

(ii) He was passing through a forest.

(iii) He told his servant.

(iv) The servant entered the forest.

(v) It was daylight.

(vi) The servant found the purse.

3. Combine the following set of sentences into (a) a Complex Sentence, (b) a Compound Sentence :

(i) I drank a glass of wine.

(ii) Immediately my head began to reel.

(iii) I managed not to lose my senses.

(iv) It was a great effort to do so.

4. Combine the following into one Simple Sentence :

(i) Panna was the nurse of Udai Singh.

(ii) Udai Singh was the King of the Rajputs.

(iii) Panna was long remembered by Udai Singh. (iv) Panna had been very kind to Udai Singh.

5. Combine the following sentences

(a) into a Simple Sentence, (b) into a Compound Sentence :

(i) It would be useless to continue my work.

(ii) I thought so.

(iii) I decided to return home.

(iv) I was to return to an innocent family.

(v) The family was in need of my help.

30. USE OF CAPITAL LETTERS

इंग्रजी भाषेत दोन प्रकारची मुळाक्षरे आहेत : १) मोठी अक्षरे (Capital letters) उदा. A, B, C, D, E, F, G, H,... आणि २) लहान अक्षरे (small letters) उदा. a, b, c, d, e,... आता Capital letter चा उपयोग कोठे व केव्हा करतात, त्याचा विचार या प्रकरणात करू.

1) Capitalize Proper nouns. (विशेषनामासाठी आरंभाचे अक्षर कॅपिटलमध्ये लिहा)

   उदा. Rajiv Sule, England, Kalidas, Sunita.

2) Capitalize Proper adjectives. जी विशेषणे विशेषनामापासून तयार होतात किंवा जी विशेषनामे विशेषणासारखी उपयोगत आणतात त्यांना Proper adjectives म्हणतात. अशा proper adjectives ची सुरुवात capital अक्षराने करावी.

   उदा. American tourist. Chinese art. Shakespearean play. पुढील शब्द जरी विशेषनामापासून आले आहेत तरी ते small लिपीत लिहावे व त्यांचे पहिले अक्षर capital घालू नये, कारण ते अतिशय सामान्यपणे वापरले जातात.

   chinaware, durby hat, frankfurter (hot dog), manila envelope, pasteurised milk, scotch plaid, vienna bread.

3) प्रथम पुरुषवाचक सर्वनाम 'I' आणि केवलप्रयोगी अव्यय (Interjection) 'O' हे नेहमी Capital अक्षरातच लिहितात.

   उदा. Rejoice 0 you people, for I bring you good news.

4) Capitalize words that show family relationship when they are used instead or as part of a name.

   उदा. I asked Mother if Uncle Vamanrao was coming. जर अशा शब्दांमागे my, your किंवा their सारखी षष्ठीची रूपे आली तर त्या शब्दाच्या आरंभी capital अक्षरे घालू नये.

   उदा. I asked my mother if her uncle Vamanrao was

coming.

5) Capitalize nicknames (टोपणनावे) and other identifying (समान) names

उदा. Richard the Lion-Hearted; Bate Ruth; Great Emancipator.

(6) Capitalize professional titles when they come immediately before a personal name.

उदा. General Mohite, Pope John Paul II, President of India.

ज्या वेळी professional titles (व्यावसायिक हुद्दे) नावाच्या पूर्वी येत नसतील त्या वेळी त्यांच्या आरंभी कॅपिटल अक्षरे घालू नयेत.

उदा. George S. Patton was a great American general.
Radhakrishnan, president of India.

(7) Academic title and their abbreviations should be capitalized when they follow a personal name.

उदा. Ram Rao, M.D. Mehta R.D.
Vilas Sule, Doctor of Philosophy.

(8) Capitalize personified names.

उदा. None of Beauty's daughters.

(9) Capitalize brand names : ठरलेली प्रसिद्ध नावे ह्यांची सुरुवात कॅपिटल अक्षराने करावी.

उदा. Fiat (car), Comet (cleanser), Maruti (car)

(10) विशिष्ट राजकीय आणि भौगोलिक स्थळे (आणि त्यापासून होणारी विशेषणे) ह्यांची आरंभीची अक्षरे कॅपिटल असतात.

उदा. Chicago, Dade County, Asia, Asian.

(11) सर्व nationalities, races (जमाती), tribes (आणि त्यांच्यापासून होणारी विशेषणे) ह्यांची आरंभीची अक्षरे कॅपिटल असतात.

उदा. German, Japanese, Indian, Negroid, Caucasian

(12) एखाद्या विशिष्ट स्थळाची दिशा दाखविणाऱ्या शब्दाची कॅपिटल अक्षरांनी सुरुवात होते.

उदा. North Pole, Far East, Midwest, The South

(13) Capitalize the names of specific geographic features. Also capatalize the common nouns (सामान्यनामे) that are part of the proper names (विशेषनामे).

उदा. Niagara Falls. Pacific Ocean, Mississippi River

परंतु Mississippi and Ohio rivers; falls of the Niagara.

(14) Capitalize the names of buildings, monuments, streets, bridges (पूल), parks (उद्याने) and other specific locations. Also capitalize the common nouns that are part of the proper names.

उदा. White House, Statue of Liberty, Fifth Avenue, V.S. Route 34, Kemp's Corner Bridge, Shivaji Park.

(15) Capitalize the names of organisations (संघटना), businesses and institutions (संस्था)

उदा. League of Women Voters, General Foods Corporation, Bombay University, Sarvoday Junior High School.

(16) Capitalize the names of political parties and religious denominations and their members.

उदा. Democratic Party, Democrat, Islam, Moslem, Hindus.

(17) Capitalize the names of sacred (पवित्र) writings and prayers.

उदा. Bible, Gita, Koran, Lord's Prayer.

(18) Capitalize names and pronouns that refer to a specific Supreme Being.

उदा. God, Allah, Lord.
Trust in Him for He is good.

परंतु The Romans believed in many gods.

(19) Capitalize specific (विशिष्ट), cultural (सांस्कृतिक) and historical (ऐतिहासिक) events (प्रसंग) wars, treaties (तह), laws and documents (करारनामे).

उदा. American Revolution,World War II,
Sarda Act, Articles of Industrialization.

(20) Cipitalize the names of historical and cultural periods.

उदा. Middle Ages, Roaring Twenties, Era of Good Feeling.

परंतु Colonial period , twentieth century postwar era.

(21) Capitalize the names of specific branches, departments, and other divisions of government. (सरकारची विशिष्ट खाती, शाखा आणि इतर भागांच्या नावांची आरंभीची अक्षरे कॅपिटल असावीत.)

उदा. Senate, Department of Maharashtra State, Los Angeles, Library of Congress, Park District.

परंतु state legislature, traffic court, public library

(22) Capitalize the names of specific awards and prizes.

उदा. Nobel Peace Prize, Academy Award, Medal of Honour, Rashtrapati Award.

(23) Capitalize the names of specific trains, planes, ships, satellites, and submarines.

उदा. Janata Express, Deccan Queen, Spirit of St. Louis, Sputnik, Tukaram.

(24) Capitalize the names of stars, constellations, planets and other astronomical designations.

तारकांची, ग्रहांची आणि इतर खगोल शास्त्रीय नामांची प्रारंभीची अक्षरे कॅपिटल लिहावीत.

उदा. North Star, Dhruva Tara, Milky Way, Big Dipper, Planets Earth and Venus.

परंतु moon, earth's circumference sun, Halley's comet.

(२५) आठवड्याचे दिवस, वर्षाचे महिने आणि सण हे पहिले अक्षर कॅपिटल घालून लिहावे. परंतु ऋतू small अक्षरात लिहावे.

उदा. Thursday, November, Memorial Day, Sixth of August.

परंतु spring fall, winter, summer, monsoon

(26) Capitalize the first letter of a sentence or a word or phrase that has the force of a sentence.

उदा. The boys are playing in that garden. Stop! Wow!

(27) Capitalize the first letter of a direct quotation

उदा. "We're leaving tomorrow,"said Raju. Sunita replied, "Have a good trip."

(28) Capitalize the first letter of a complete statement following a colon. (:) या विरामचिन्हानंतर येणाऱ्या संपूर्ण विधानाचे आरंभीचे अक्षर कॅपिटल काढावे.

उदा. Here is my decision : You will not go to visit the drama.

(29) Capitalize the first letter in a letter's greeting or close.

उदा. Gentlemen, Dear Sir, My dear Sunita, Yours truly, Sincerely yours, With love, Yours faithfully.

(30) In titles of works of art, books, magazines, newspapers, poems, songs, plays, articles, television, shows, reports.

उदा. TheTimes of India. The Saturday Evening Post, Star Dust, Loksatta, Natasamrat, Twelth Night, Gajara, Khil- Khiloune, Ajache Pahune.

Also capitalize the first and last words and all other words except articles, co-ordinating conjunctions (उभयान्वयी अव्यये) and prepositions in various titles or other writing. If five letters long or more, preposition may be capitalized.

उदा. "Come In" " Fire and Rain"
"Pratibha and Pratima"
A Chorus Line "Learning About Atoms"

(31) Capitalize the parts of a book when reference is made from one part to another of the same book

उदा. This information is in Chapter 1
परंतु This chapter ends the book.

(32) Capitalize the first letter of a line of a poem. कवितेच्या प्रत्येक ओळीचे आरंभीचे अक्षर कॅपिटल लिहावे.

उदा. Pussy cat, pussy cat
Where have you been
I've been to London
To see the Queen

31. PUNCTUATION GUIDELINES

पुढे वेगवेगळी विरामचिन्हे आणि त्यांचा नेहमीच्या लिखाणातील उपयोग दिला आहे तो नीट अभ्यासा.

पूर्ण विराम. A Period किंवा A full stop (.) याचा वापर –

1 आज्ञा, विध्यर्थी वाक्ये व इतर विधानांच्या शेवटी

उदा. The sun was shining.
Please give me a book.
Go soon.

2. मथळ्याच्या सुरुवातीला असणाऱ्या क्रमांकानंतर किंवा अक्षरानंतर.

उदा. I. Improve my health.
A. Indoor exercise.
I. Weight Training.

3. After initials and many abbreviations (संक्षिप्त रूपे) especially if the abbreviations spell a word.

उदा. J.D.R. Tata, in. ft. yds. Ms. Dr. U.S. U.S.A. C.I.D.

The abbreviations for some organizations (संघटना) and government agenices use no full stops or period

उदा. FBI, VISTA, ABC, IBM

प्रश्नार्थक चिन्ह. A Question Mark (?) याचा वापर –

(a) At the end of direct questions

उदा. Why did you buy this pen?
Where were you?

(b) At the end of statements, ending with a question

उदा. That was silly, wasn't it?
'You said so, am I correct?'

(c) At the end of words that ask a question:

उदा. Why? How? Which way?

(d) At the end of sentences that are meant to ask a question :

उदा. You're leaving now?'
She is singing tomorrow?

उद्‌गारवाचक चिन्ह. An Exclamation Point –

Or Mark of Exclamation (!) is used -

1.After a word, phrase, or sentence that express strong feeling :

उदा. Yuch! What a beautiful day!
This puzzle is impossible!
Hurrah! We won the match.

2. To strengthen statements or commands :

उदा. Okay, I'll forget about it!
I'm supposed to take three tests in one day!
Go away!

3. After a rhetorical question :

उदा. Who says so!

अपूर्णविराम. A Colon (:) is used -

1. After a complete sentence followed by a list.

उदा. Students carry many things : books, notebooks, pencils, bag, and lunch-box.

2. After a statement followed by a clause that further explains the statement : ज्या वेळी दिलेल्या विधानाचे स्पष्टीकरण देण्यासाठी त्या विधानानंतर उपवाक्य (clause) योजतात त्या वेळी :

उदा. Today's mothers often find themselves with a double workload : They have jobs and house work.

3. After a formal letter of greetings :

उदा. Dear Sir or Madam :
Dear Mr. Patels :

4. To separate hours from minutes, parts of a named source, or parts of a book title :

उदा. 8 : 45 p.m. Genesis 1 : 15
Cleopatra : Sister of the Moon.
Shakuntal : Durvasa's Curse.

स्वल्पविराम. A Comma (,) is used -

1. To separate long co-ordinate clauses of a compound sentence. (Compound sentence मधील clauses उभयान्वयी अव्ययाने विभक्त करताना स्वल्पविराम वापरतात.)

उदा. She could go home now, but she would rather wait for her friend.

परंतु She said no and that's that.

2. Between words, phrases or clauses in a series (क्रममालिकेत)

उदा. Sunita carried her bag, umbrella, and coat.

Did they meet at school, in church, or at a party?

I arranged the furniture, Suhas swept the house, and Vira cooked the food.

3. To set off phrases and dependent clauses that come before the main clause of a sentence : मिश्र वाक्यामध्ये मुख्य clause च्या पूर्वी येणारे शब्दसमुदाय आणि गौणवाक्ये योजण्यासाठी स्वल्पविराम वापरतात.

उदा. By taking proper precautions, Mohanrao saved fifteer minutes.

Although we were tired, we continued to study.

4. To set off phrases, clauses, or appositives that are not required for a sentence to have a meaning (अर्थ) :

उदा. The nurses, kind as they were, couldn't replace mother.

Mr. Patil, the principal, is well organised.

5. To set off co-ordinating phrases modifying the same noun

उदा. Her hair is as long as, but darker than, mine.

6. Betweeen parts of a sentence that show contrast (विरोध) or comparison (तुलना) :

उदा. The more time you take now, the less you'll have later.

7. To stand for one or more missing words.

उदा. The eggs were runny; the bacon, greasy and the toast, burnt.

8. Often, to separate short elliptical clauses from complete independent clauses

उदा. To err is human, to forgive divine.

9. To separate identical or similar words :

समान अर्थाचे किंवा एकाच तऱ्हेचे शब्द वेगळे करण्यासाठी :

उदा. Walk in, in groups of three.

They put theirs, there.

10. To separate words that might be mistakenly joined when reading a sentence :

उदा. Soon after, the pool closed for repairs.

11. To set off words that introduce a sentence (first, second, yes, no, etc.) or suggest a break in thought (however, namely, of course)

उदा. First, write down your name.
No, I can't do that.
The car broke down, of course, before we got to school.

12. To set off the name of a person spoken to

उदा. Suhas, your bicycle is across the street.
Your progress, Sunita, is improving.

13. To set off a short question from the rest of the sentence :

उदा. "I'll order your clothes today", mother said.
"I wish, " Rahul whispered," that this class would end."

14. After an informal letter of greetings and at the close:

उदा. Dear Mom and Dad,
Sincerely yours,
With love,
Dear Mr. Patel,
Yours faithfully,

15. Before any full or abbreviated (संक्षिप्त) title that follows a person's name :

उदा. Vilas Joshi, President of the Students' Union.
N. M. Sule, M.D.

16. To separate the parts of a date, an address or a geographic location.

उदा. September 30, 1988.
Gudi Padwa, 1989.
We lived at 1382 Sadashiv Peth, Pune 411030.
Disneland is in Anaheim, California.

17. To set off groups of thousands in large numbers. मोठ्या संख्येत हजारांचे गट पाडण्यासाठी :

उदा. 1,000 53,437, 126,384,370

18. To separate unrelated numbers in a sentence :
वाक्यामध्ये संबंध नसलेल्या संख्या वेगळ्या करण्यासाठी :

उदा. In 1987, 876 students graduated from our college.

A Semicolon (;) is used : अर्धविरामाचा वापर –

1. Betweeen parts of a compound sentence when they are not joined by the conjunction and, but , for, nor, or, (ज्या वेळी compound sentence मध्ये उपवाक्ये and, but, for, nor किंवा or या उभयान्वयी अव्ययाने जोडलेली नसतात त्या वेळी अर्धविरामाचा उपयोग करतात.)

उदा. I want to finish this home-work now; I'll watch T.V. later.

2. To separate independent clauses when they are long or already have commas elsewhere. (ज्या वेळी स्वतंत्र clauses लांबच लांब असतात किंवा इतरत्र स्वल्पविराम असतात त्या वेळीही स्वतंत्र clauses वेगवेगळे करण्यासाठी.)

उदा. I bought chicken, onions and relish; but I forgot the potatoes, butter and pepper.

Suhas took Sanskrit this year; Vina, Hindi and art.

3. After each clause in a series of three or more clauses.तीन किंवा अधिक clausesच्या मालिकेतील प्रत्येक clause नंतर.

उदा. Lightning flashed nearby; the thunder roared above our heads and we stopped the game on account of rain.

4. To separate items in a series when commas are needed else-where.

उदा. Attending the meeting were, Mr. Sule, the adviser; Mrs. Desai the speaker; and Mr. Patel, the Principal.

5. Before words like hence, however, nevertheless, therefore, and thus when they connect two independent clauses.

उदा. Today is a holiday; therefore, we can go to the show.

He abuses us; hence, we'll not talk with him.

I'll definitely defeat him; however, strong he may be.

6. Before expressions that, explain, such as `for examples', 'for instance,' `that is' and 'namely', when a stronger break, than a comma is needed.

उदा. Factory-owners like to have their own phones for two reasons; namely, privacy and convenience,

You should avoid bad habits; for example, habit like smoking.

A Dash (–) is used –

1. To show a sudden change in thought.

उदा. The best way to finish that – but no, you don't want my opinion.

2. To suggest halting or hesitating speech.

   उदा. "I – er– ah–can't seem to find it," she said.

3. Before a repeated word or expression.

   उदा. He was tired – tired of studying.

4. To emphasize or define a part of a sentence.

   उदा. Sunil Gavaskar – the player from India – won the match.

5. Before a summary introduced by words like 'all' or 'thus'.

   उदा. Vina, Sunil, and Maya – all these students got good marks.

An Apostrophe (') is used –

1. To form noun possessives.

नामाची षष्ठी दर्शविण्यासाठी

उदा.

Singular Possessive	Plural possessive
Sunil's house.	The Chaphekars' house.
Vasant's mother.	Veena and Vasants' mother
The tree's leaves.	The trees' leaves.

2. To show one or more missing letter, words, or numbers.

उदा. can't (cannot), One o' clock (one of the clock), '89(1989)

3. To show plurals of numbers, letters, and words used as words.

उदा. Two 4's Some B's, too many and's

A Hyphen (-) is used –

1. When writing out compound numbers between 21 and 99.

   उदा. twenty- three, sixty-five, ninety-ninth

2. When writing out fractions used as modifiers, but not when fractions are used as nouns.

   उदा. two-thirds majority.

   परंतु : Two thirds were counted present.

3. To avoid confusing words that are spelled alike.

   उदा. <u>Recover</u> the soft, but recover from the fly.
   re-lay a carpet, but, a relay race.

4. In some words, to avoid awkwardly joining letters.

   उदा. anti-intellecual, Pre-established, semi-invalid.

   परंतु Cooperate.

5. After a prefix when the root word begins with a capital letter.

   उदा. pre-Historic, mid-Pacific, tin-American.

6. After the prefix 'all', 'ex' and 'self'

   उदा. all- powerful, ex-classmate, self-conscious.

7. Between parts of a compound adjective when it appears before the word it modifies.

   उदा. hard-working father, up-to-date news. Well-known person.

   परंतु Dad is hard working. It is up to date. She is well known.

8. Between parts of some compound nouns.

   उदा. father-in-law, great-grandfather, stay- at - home

   परंतु attorney general   coat of arms

9. To divide a word at the end of a line. You may divide a word only between syllables- but not between all syllables in all words. There are some places where you should not divide a word, even when there is a syllable break. Here are some general guidelines for deciding where to divide words at the end of lines.

(a) Do not divide words of one syllable, contractions, abbreviations, or numbers written in figures.

उदा. thought, width, give
shouldn't (not should-n't)
UNICEF (not UNI-CEF)
3, 416, 521 (not 3,416-521)

(b) Do not divide a word if either part is a word by itself or the hyphenation could cause confusion.

उदा. often (not of -ten)   piety (not pie-ty)
women (not wo-men)

(c) Do not divide one-letter syllables or- ed from the rest of the word.

उदा. amend-ment (not a- mendment)
at-tached (not attach -ed)

(d) Divide a word after a prefix or before a suffix. But do not carry over a two-letter, suffix to the next line.

उदा. trans portation or transporta-tion (not transportation) mostly (not most-ly)

(e) Divide compound words between their main parts. And divide hyphenated compounds at the hyphen.

उदा. home-coming (not homecom-ing)
self-respect (not self-re-spect)

(f) Divide between double consonants (व्यंजने). But divide after double consonants if the root word (मूळ शब्द) ends in the double consonant.

उदा. run-ning get-ting
pull-ing miss-ing

(g) Do not hyphenate at the end of a word where an 'l' is followed by a silent 'e'.

उदा. babble (not bab-ble)
people (not peo-ple)

(h) Always place the hyphen at the end of the line, not at the beginning of the next line.

उदा. The bill passed through the House and the Sen-
ate

Parentheses (....) are used –

1. वाक्यांमध्ये आणखी काही माहिती घालावयाची असल्यास :
   उदा. President Washington (1732-1799) was from Virginia.
2. वाक्यामधील माहितीचे साधन घालण्यासाठी :
   उदा. Cain was jealous of Abel and killed him (Genesis 4 : 5-8)
3. Around numbers or letters that indicate subdivisions of a sentence उपविभाग दर्शविण्याकरिता योजलेल्या अक्षरांभोवती अथवा आकड्यांभोवती.
   उदा. There will be three parts of the test (1) True-false, (2) multiple choice, and (3) essay.
   The success of a person depends on : (a) his appearance (b) his nature, (c) his perseverance and (d) his hard work.

Brackets ([ ]) are used

1. To enclose words already within parentheses.

   उदा. Shakespeare's most difficult tragedy (Hamlet [written about - 1600]) has been performed many times.

2. To correct a direct quote that originally had a mistake.

   उदा. "The choc[o]lates were delicious," wrote my little brother.

3. To explain something within a direct quote.

   उदा. Veena said," When I get older [she was 4 then], I'm going to write a book."

4. To present stage and acting directions in plays.

   उदा. SEETA [seated in a pensive mood, with sad face] : I am so depressed!

Ellipses (...or.....) are used –

एखादा शब्द किंवा अनेक शब्द प्रत्यक्ष भाष्यातले ज्या वेळी वगळले जातात त्या वेळी प्रत्यक्ष भाष्यातले सुरुवातीचे अथवा मधील शब्द वगळले असल्यास अंतरावर असलेली तीन टिंबे (...) घाला. प्रत्यक्ष उद्गारातील शेवटचे शब्द वगळले असल्यास शेवटी अंतरावर असलेली चार (....) टिंबे घाला.

उदा. Mr. Patel said, "...Running, cycling and gymnastics are... really exciting...."

Mr. Shah said, " Individual sports... are exciting and fascinating to watch."

A Slash (/) is used –

1. दोन शब्दांमध्ये / हे चिन्ह घातल्यास त्यांपैकी कोणताही एक शब्द अर्थाच्या दृष्टीने घ्यावयाचा असे दाखविते.

   उदा. My sister and/or brother will be at home.

2. तारखा, अपूर्णांक आणि संक्षिप्त रूपे / हे चिन्ह म्हणजे विभागणारी रेषा ठरते.

   उदा. 5/29/68, 5/8, C/o. (care of)

3. With run-in lines of poetry to show where one line ends and another begins.

   उदा. "All the world's a stage,/And all the men and women merely players./They have their exits and their entrances/ And one man in his time plays many parts, / His acts being seven ages."

Quotation marks (अवतरण चिन्हे) (" ") are used –

1. To enclose all parts of a direct quote.

प्रत्यक्ष सर्व उतारा घालण्यासाठी –

उदा. "Examination is approaching fast", said the teacher, "now you must work hard."

2. वाक्यांमधील उद्गारलेले शब्द किंवा शब्दसमुदाय ह्यांचा अंतर्भाव करण्यासाठी –

उदा. My father always advises me to "get a good night's sleep and eat a hearty breakfast."

Enclose a quote within a quote in single quotation marks (‘ ’)

उदा. "When I asked my father for an advice, he said, 'get a good night's sleep and eat a hearty breakfast,'" Sunita explained.

3. To enclose the titles of short musical words and poems.

उदा. 'The star- Spangled Banner'

'To a waterfowl'

4. Around the titles of chapters in a book, magazine, articles, lectures, sermons, and pamphlets.

उदा. For home work, read 'Shivaji's Coronation' and write an essay, 'My Favourite Game.'

5. To enclose a word or phrase explained or defined by the rest of the sentence; a technical term in nontechnical writing; and slang, well-known expressions, or words whose meaning is contradicted in the sentence.

एखाद्या शब्दाचे किंवा शब्दसमुदायाचे स्पष्टीकरण किंवा व्याख्या वाक्यातील बाकीच्या शब्दांनी सांगितल्या असल्यास; तांत्रिक पद अतांत्रिक स्वरूपात लिहावयाचे असल्यास; आणि प्रसिद्ध विधाने, किंवा शब्द ज्यांचा अर्थ संक्षिप्त स्वरूपात वाक्यामध्ये द्यावयाचा असतो त्यासाठी.

उदा. By 'soon' means tomorrow. (येथे ‘soon’ चे स्पष्टीकरण आहे.)

You need a 'declination chart' to use the compass accurately.

The new mystery is a 'thriller-diller.'

Sunil's 'pursuing happiness' at the video arcade.

The 'joy of motherhood' is not found in changing clothes.

6. Before the beginning of each stanza of a quoted poem and after the last stanza.

7. Before each paragraph of continuous quoted material and

after the last paragraph. Quotation marks are not used at the end of middle paragraphs. Often they are not used with single-line quotes presented themselves between original paragraphs.

8. Commas and periods are placed inside closing quotation marks.

उदा. "I will go now," she said, "and be back in an hour."

9. Semicolons and colons are placed outside closing quotation marks.

उदा. She said, " I'll go to the store"; but then she stayed home.
"To be or not to be" ; this is one of Shakespeare's most famous lines.

10. Question marks and exclamation points are placed inside the closing quotation marks if they belong to the quote.

उदा. "What book are you reading?" he asked.
"Go now !" she ordered.

But if they are not part of the quote, question marks and exclamation points go outside the quotation marks.

उदा. Did they sing "American the Beautiful"? What a surprise when she said, "I'm moving"!

Exercise

Punctuate the following, using capital letters wherever necessary :

1) shall we ride in the forest miss flo asked the vicar.
2) no wonder chitra you have become such a keen member of our history and politics society said rekha.
3) and farmers are busy working in their fields said akash and they look forward to good harvests.
4) oh am i in that case id better move away from you said mr nadkarni.
5) i have not suggested many courses because it is easy to get details from the institute of vocational guidance in Bombay or the university employment information guidance bureau at the universities.
6) and a lot of people dirt and foul smells said mrs desai who had visited Bombay once before and hadnt liked it at all.

32. NOUN-ADJECTIVE-ADVERB FORMS

पुढील Forms नीट लक्षात ठेवा.

Noun Forms	Adjective Forms	Adverb Forms
contain - content	magic - magical	pity - piteously
excite - excitement	count - countable	frugal - frugally
invite - invitation	pity - piteous	surprise -
surprisingly	save - saving	peace - peaceful
real - really		
difficult - difficulty	exclaim - exclamatory	excite - excitedly
advise - advice	love - loving	peace -
peacefully		
manage - management	friend - friendly	hurry - hurriedly
great - greatness	office - official	day - daily
exclaim - exclamation	day - daily	total - totally
plead - pleading	decide - decisive	extravagant -
extravagantly		
decide - decision	neighbour- neighbouring	merry - merrily
fond - fondness	noise - noisy	gentle - gently
sing - song	sorrow - sorrowful	terrible - terribly
sweet - sweetness	beauty - beautiful	sweet - sweety
cruel - cruelty	sleep - sleepy	happy - happily
sell - sale	anger - angry	regular -
regularly		
tell - tale	forget - forgetful	gay - gaily
die - death	grass -grassy	love - lovingly
sad - sadness	fear - fearful	
live - life	gloom - gloomy	

dark - darkness	misery - miserable	
still - stillness	condition - conditional	
glad - gladness	peace - peaceful	
give - gift	remain - remaining	
able - ability	effect - effective	
patient - patience	earth - earthly	
weak - weakness	satisfaction - satisfactory	
prevent - prevention		
fulfil - fulfilment	memory - memorable	patient - patiently
direct - direction	mirth - mirthful	commerce - commercially
various - variety	majesty - majestic	majestic- majestically
real - reality	world - worldly	delicate - delicately
curious - curiosity	scene - scenic	curious - curiously
majestic - majesty	commerce-commercial	silence - silently
thick - thickness	night - nightly	
preserve - preservation	wealth - wealthy	
speak - speech	excitement - exciting	
Serve - service	talk - talkative	care - carefully
enjoy - enjoyment	duty - dutiful	bright - brightly
confuse - confusion	danger - dangerous	loud - loudly
happen - happening	risk - risky	hard - hard
connect - connection	succeed - successful	permanent - permanently
learn - learning	week - weekly	fast - fast
consider - consideration	care - careful	
expect-expectation	blood - bloody	
still - stillness	save - safe	
distant - distance	thorn - thorny	
narrate - narration	dread - dreadful	
aggress - aggression	hero - heroic	affection- affectionately
receive - receipt	possess - possessive	love - lovingly
guide - guide or guidance	might - mighty	fortune - fortunately

administrate - administration	thrill - thrilling	happy - happily
feel-feeling	nation - national	independent - independently
explore - exploration	adventure- adventurous	private - privately
choose - choice	sun - sunny	
exist - existence	power - powerful	
live - life	navy - naval	
declare - declaration	ceremony - ceremonial	
weigh - weight	gold - golden	
loyal - loyalty	charity - charitable	
tolerant - tolerance	veda - vedic	
mighty - might	condition - conditional	
good - goodness	note - notable	
	spirit - spiritual	
prosper - prosperity	nature - natural	emotion - emotionally
young - youth	consider - considerable	near - nearly
strong - strength	society - sociable	gentle - gently
fertile - fertility	decision - decisive	sympathy - sympathetically
broad - breadth	speed - speedy	
noble - nobility	time - timely	
long - length	need - needy	
long - loss	thank - thankful	
generous-generosity	collect - collective	
confess-confession	mischief - mischievous	
recover - recovery	prosper - prosperous	
annoy - annoyance	month - monthly	
poor - poverty	sympathy - sympathetic	
hastily - haste	dread - dreadful	hasty - hastily
warm - warmth	delight - delightful	heavy - heavily
noble - nobility	glory - glorious	dread - dreadfully
bright - brightness	hunger - hungry	glory - gloriously
	fire - fiery	
	haste - hasty	

	pain - painful	
contain - content	station - stationary	thought - thoughtfully
warm - warming	doubt - doubtful	
pretend - pretence	fury - furious	
please - pleasure	thought - thoughtful	
	magnet - magnetic	
relieve - relief	ice - icy	peaceful - peacefully
begin - beginning	rock - rocky	science -
scientifically		
attract - attraction	storm - stormy	careful - carefully
believe - belief	study - studious	severe - severely
explore - exploration	Antarctica - Antarctic	main - mainly
inspire - inspiration	physics - physical	extreme - extremely
organise-organisation	extend - extensive	
protect - protection	origin - original	
active - activity	cyclone - cyclonic	
perform-performance	zone - zonal	
different-difference	mystery - mysterious	luck - luckily
educate - education	music - musical	silent - silently
hospitable-hospitality	nature - natural	surprise - surprisingly
real - reality	colour - colourful	
distant - distance		
popular - popularity	worth - worthy	affection -
affectionately		
promote - promotion	finance - financial	finance - financially
contribute - contribution	affection - affectionate	popular - popularly
integrate-integration	mountain - mountainous	
impress-impression		
learn - learning		
practise - practices	glory - glorious	cheerful - cheerfully
appoint-appointment	deceit - deceitful	right - rightly
great - greatness	virtue - virtuous	sorrowful-sorrowfully
gather - gathering	cheer - cheerful	final - finally
fail - failure	mercy - merciful	righteous -righteously
forgive - forgiveness	envy - envious	helpless - helplessly
deep - depth	poison - poisonous	

wise - wisdom	ambition - ambitious	
	revenge - revengeful	
deliver - delivery	fate -fateful	angry - angrily
grieve - grief	anger - angry	usual - usually
interrupt-interruption	emotion - emotional	
banish - banishment	disaster - disastrous	
expect - expectation		
part - parting		
disturb - disturbance		
prosper - prosperity		
select - selection	flower - floral	fury - furiously
fit - fitness	sand - sandy	origin - originally
prepare - preparation	rock - rocky	
safe - safety	philosophy - philosophical	
examine - examination	glory - glorious	
situate - situation	mountain - mountainous	
hard - hardship	gold - golden	
understand - understanding	magic - magical	
clear - clarity	colour - colourful	
add - addition	base - basic	basic - basically
subtract - subtraction	mathematics - mathematical	easy - easily
multiply-multiplication	element - elementary	practical - practically
curious - curiosity	excess - excessive	automatic - automatically
know - knowledge	fog - foggy	
achieve-achievement		
predict - prediction		
accurate - accuracy		
efficient - efficiency		
divide - division		
pay - payment		
true - truth	shame - shamful	lavish - lavishly
seriously - seriousness	pride - proud	solemn - solemnly
secure - security	guilt - guilty	confidence-

admire - admiration
enjoy - enjoyment
noble - nobility
defend - defence
inspect - inspection
confident - confidence
hesitate - hesitation

fame - famous
honour - honourable

confidently
serious - seriously

Exercise

Complete the following Table

Fill In the blanks by giving proper noun forms	Fill In the blanks by giving proper adjective forms	Fill in the blanks by giving proper adverb forms
invite-.........	pity-.........	excite-.........
decide-.........	day-.........	total-..........
give-.........	misery-.........	delicate-.........
patient-.........	effect-.........	commerce-.........
thick-.........	wealth-.........	regular-.........
speak-.........	scene-.........	love-.........
serve-.........	save-.........	care-.........
expect-.........	talk-.........	hard-.........
feel-.........	navy-.........	fortune-.........
live-.........	thrill-.........	happy-.........
fertile-.........	need-.........	gentle-.........
lose -.........	consider-.........	emotion-.........
warm-.........	glory-.........	hasty-.........
noble-.........	fire-.........	dread-.........
pretend-.........	fury-.........	science-.........
inspire-.........	extend-.........	extreme-.........
educate-.........	worth-.........	right-.........
integrate-.........	rhythm-.........	basic-.........
interrupt-.........	flower-.........	confidence-.........
fit-.........	disaster-.........	easy-.........

33. DIRECT – INDIRECT

ज्या वेळी एखाद्या व्यक्तीच्या तोंडचे शब्द अवतरणचिन्हे (Inverted Commas) घालून जसेच्या तसे दिले जातात, तेव्हा त्यास Direct Speech असे संबोधतात. पुढील उदाहरणे पाहा :

Suhas said to her, "I am reading this book, now."

जेव्हा एखाद्याच्या भाषणाचा मथितार्थ (substance) त्याचे शब्द जसेच्या तसे न वापरता, अन्य रितीने सांगितला जातो तेव्हा त्यास Indirect - speech असे संबोधतात. पुढील उदाहरण पाहा. वरील वाक्याच्या संदर्भात :

Suhas told her that he was reading that book then.

आता, Direct चे Indirect करताना आपण कोणकोणते बदल केलेत ते पाहू.

(i) अवतरणचिन्हे (Inverted Commas) गाळली आहेत.

(ii) said ह्या reporting verb नंतरचा स्वल्पविराम (comma) गाळला आहे.

(iii) that ह्या उभयान्वयी अव्ययाचा उपयोग reported speech च्या अगोदर केलेला आहे.

(iv) 'am' ह्या वर्तमानकाळी क्रियापदाचा 'was' ह्या भूतकाळी क्रियापदात बदल केलेला आहे.

(v) 'I' ह्या सर्वनामाचा 'he' मध्ये बदल केलेला आहे.

(vi) 'this' चा बदल 'that' मध्ये केला आहे.

(vii) 'now' चा बदल 'then' घालून केला आहे.

महत्त्वाची टीप : पहिल्या वाक्यातील said हे क्रियापद बोलणाऱ्याच्या तोंडचे शब्द सांगते, म्हणून त्यास reporting verb असे म्हणतात आणि जे काही सांगितले जाते त्या शब्दांना म्हणजे अवतरणचिन्हामधील वाक्यास reported speech असे म्हणतात.

Direct चे indirect करताना काळामध्ये (tenses) कोणते बदल होतात?

Reporting verb चा काळ कधीच बदलत नाही; परंतु Direct speech चे indirect speech मध्ये रूपांतर करताना reported speech मधील काही काळांचा बदल होतो. त्यासंबंधीचे पुढील तीन अति महत्त्वाचे असणारे नियम लक्षात घ्या.

नियम १ : जर reporting verb वर्तमानकाळी वापरले असेल तर reported speech मधील क्रियापदाचा काळ बदलत नाही.

उदा. He says to her, "I want this pen."

He says to her that he wants that pen.

नियम २ : जर reporting verb भविष्यकाळी असेल तर reported speech मधील क्रियापदाचा काळ बदलत नाही.

उदा. She will say, "I am reading now".

She will say that she is reading then.

नियम ३ : जर reporting verb भूतकाळी असेल तर reported speech मधील क्रियापदाचा भूतकाळाच्या चार प्रकारांपैकी एका योग्य प्रकारात बदल करतात. (When the reporting verb is in the Past tense, all Present tenses of the Direct are changed into the corresponding Past Tenses.)

Reported Speech मधील क्रियापदाचे वर्तमानकाळाचे जे रूप असेल त्याचे त्या प्रकारचे भूतकाळातील रूप वापरावे.

(I) साध्या वर्तमानकाळाचे (Simple Present) साध्या भूतकाळातील रूप वापरावे..

(A Simple present becomes a simple past.)

उदा. Direct : Sunita said, "I **am** right."

Indirect : Sunita told that she **was** right.

Direct : He said to her, "I **want** this book just now."

Indirect : He told her that he **wanted** that book just then.

(ii) अपूर्ण वर्तमानकाळाचे रूपांतर अपूर्ण भूतकाळात होते.

(A Present continuous becomes a past continuous.)

उदा. Direct : He said to her, "**I am writing** this letter."

Indirect : He told her that he **was writing** that letter.

Direct : She said to him, "I **am waiting** and watching for my son's return."

Indirect : She told him that she **was waiting** and watching for her son's return.

(iii) पूर्ण वर्तमानकाळाचे रूपांतर पूर्ण भूतकाळात होते.

(A present Perfect becomes a past perfect.)

उदा. Direct : Raju said, "I **have done** this long ago."

Indirect : Raju told that he **had done** that long ago.

Direct : He said to her, "They **have elected** you."

Indirect : He told her that they **had elected** her.

(iv) चालू पूर्ण वर्तमानकाळाचे रूपांतर चालू पूर्ण भूतकाळात होते.

(A Present perfect continuous becomes a past perfect continuous.)

उदा. Direct : Suhas said, "I **have been writing** this essay since Monday."

Indirect : Suhas told that he **had been writing** that essay since Monday.

ध्यानात ठेवा : थोडक्यात सांगावयाचे म्हणजे am, is, ह्यांचे रूपांतर was मध्ये, are चे रूपांतर were मध्ये आणि have, has ह्यांचे रूपांतर had मध्ये करतात.

आता reporting verbs हे भूतकाळी असून reported speech हेही भूतकाळात असेल तर indirect करताना काळांच्या बाबतीत काय बदल होतात ते पाहू.

(v) साध्या भूतकाळाचे रूपांतर बहुतेक वेळा पूर्ण भूतकाळात करतात. परंतु ते नेहमीच बदलले जाते असे नाही.

(The Simple Past is often but not necessarily, changed to the Past perfect.)

उदा.

Direct : Sunita said, " Vasant **threw** this ball here."

Indirect : Sunita told that Vasant **threw** that ball there.

Direct : She said to him, " I **shot** the thief yesterday,"

Indirect : She told him that she **had shot** the thief the previous day.

टीप : सर्वसाधारणपणे भूतकाळाचे सर्वत्र पूर्ण भूतकाळात रूपांतर करावे हे सोयीस्कर ठरेल.

(vi) अपूर्ण भूतकाळाचे रूपांतर चालू पूर्ण भूतकाळात होते.

[The Past Imperfect (in the reported speech) is changed into the Past Perfect Continuous.]

उदा. Direct : She said to him, "You **were running** after Suhas."

(अपूर्ण भूतकाळ)

Indirect : She told him that he **had been running** after Suhas.

(चालू पूर्ण भूतकाळ)

लक्षात घ्या : भूतकाळाच्या बाकीच्या प्रकारांत कोणताही बदल होत नाही.

आता, आपण reporting verb हे भूतकाळी असून reported speech हे भविष्यकाळी असेल तर Indirect करताना काळात कोणकोणते बदल होतात हे पाहू.

(vii) भविष्यकाळातील shall चे should मध्ये आणि will चे would मध्ये रूपांतर तारतम्याने करावे लागते.

उदा.

Direct : Suhas said to Rajni, " I **shall wait** for you."

Indirect : Suhas told Rajni that he **would wait** for her.

(येथे I चा he झाल्यामुळे shall चे should न होता would झाले आहे.)

Direct : Vina said " He **will do** this."

Indirect : Vina told that he **would do** that.

Direct : She said to him, " I **shall attend** the meeting."

Indirect : She told him that she **would attend** the meeting.

(viii) Indirect करताना reporting verb जर भूतकाळी असेल तर reported speech मधील 'may' चे 'might' मध्ये आणि 'can' चे 'could' मध्ये रूपांतर करावे.

Direct : She said, " They **may read** this."

Indirect : She said that they **might read** that.

Direct : He said to her, " I **can stay** there."

Indirect : He told her that he **could stay** there.

काळ व जागा दर्शविणारे शब्द

Reported Speech मधील जवळपणा (nearness) व्यक्त करणाऱ्या शब्दांऐवजी दूरपणा (distance) दाखविणारे शब्द घालावेत. पुढील शब्दजोड्या लक्षात घ्या.

nearness		distance	nearness		distance
this	–	that	to-day	–	that day.
these	–	those	tomorrow	–	the next day
ago	–	before	thus	–	so
here	–	there	yesterday	–	the previous day

hence	–	thence		
(येथून)		(तेथून)		
last night	–	Previous night	come	– go
now	–	then	hither	– thither.

उदाहरणे : या बाबतीतील बदलाबाबत पुढील वाक्ये पाहा.

He said, " I will do **this tomorrow**."

He said that he would do **that the next day**.

He said to her, " I cannot do **this** work **here**."

He told her that he could not do **that** work **there**.

He said to her, " I have seen Sunita two years **ago**."

He told her that he had seen Sunita two years **before**.

"I want to give **these** pencils," he said to her.

He told her that he wanted to give **those** pencils .

He said to her, "If you **come,** I will solve your problem."

He told her if she **went,** he would solve her problem.

सर्वनामांबद्दलचे नियम :

आतापर्यंत आपण Direct चे Indirect करताना काळाबद्दलचे व इतर सर्वसामान्य नियम ह्यांचा अभ्यास केला. आता सर्वनामांमध्ये होणारे बदल कोणते त्यांचा विचार करू. सर्वनामांमध्ये होणाऱ्या बदलांच्या बाबतीतील पुढील नियम लक्षात घ्या.

नियम १ : Reported Speech मधील प्रथमपुरुषी सर्वनामे म्हणजे I, We ही सर्वनामे व त्यांची द्वितीयेची me, us व षष्ठीची my, our ही रूपे reporting verb च्या कर्त्याप्रमाणे बदलावी. कर्ता पुल्लिंगी असेल तर I, me, my ह्याबद्दल He, him, his अशी रूपे येतील व कर्ता स्त्रीलिंगी (she) असेल तर her (तिला), her (तिचा) अशी रूपे येतील व कर्ता नपुसलिंगी (it) असेल तर it, it, its अशी रूपे येतील. पुढील उदाहरणे बारकाईने अभ्यासा.

Direct : She said to him, "**I** want to do this work at **my** house."

Indirect : She told him that **she** wanted to do that work at **her** house.

Direct : The girl said, "**I** like **my** friends, because, they love **me**."

Indirect : The girl told that **she** liked **her** friends, because they loved **her**.

Direct : They said, "**We** may do this for **our** sake, though she may dislike **us**."

Indirect : They said that **they** might do that for **their** sake, though she might dislike **them**.

Direct : The child said, "**I** am going to **my** father as he loves **me**."

Indirect : The child told that **it** was going to **its** father as he loved **it**.

नियम २ : सर्वनामांबद्दल दुसरा नियम असा – Reported Speech मधील द्वितीय पुरुषी सर्वनामे reporting verb च्या कर्मानुसार बदलावी. जर कर्म पुल्लिंगी असेल तर you (तू), you (तुला), your (तुझा) ह्यांबद्दल he, him व his ही रूपे वापरावीत आणि जर कर्म स्त्रीलिंगी असेल तर you, you, your बद्दल अनुक्रमे she, her (तिला), her (तिचा) अशी रूपे वापरावीत. पुढील उदाहरणे नीट अभ्यासा.

Direct : He said to the boy, "**You** were blamed for **your** misconduct."

Indirect : He told the boy that **he** was blamed for **his** misconduct.

Direct : He said to her, "I have brought **you** good news about **your** daughter."

Indirect : He told her that he had brought **her** good news about **her** daughter.

पुढील वाक्यात said ह्या Reporting Verb चे कर्म me (प्रथम पुरुषी) असताना Reported Speech मधील you, you (तुला), your (तुझे) या रूपाचे I, me, my मध्ये कसे रूपांतर होते ते पुढील उदाहरणांवरून अभ्यासा :

Direct : He said to me, "**You** may write in **your** notebooks for I cannot lend **you** my notebooks."

Indirect : He told me that **I** might write in **my** notebooks, for he could not lend **me** his notebooks.

आता पुढील वाक्ये पाहा. Said ह्या reporting verb चे कर्म you (द्वितीय पुरुषी) असताना reported speech मधील you, you (तुला), your (तुझे) ह्यांचे रूपांतर you, your (तुला), your (तुझे) मध्येच बदल न होता कसे झाले आहे ते अभ्यासा.

Direct : He said to you, "**You** have shown **your** affection towards **your** teacher who gave **you** success."

Indirect : He told you that you had shown **your** affection towards **your** teacher who gave **you** success.

नियम ३ : आता Indirect मधील सर्वनामांबद्दलचा तिसरा नियम पाहू. Reported speech मधील तृतीय पुरुषी सर्वनामे व त्यांची रूपे न बदलता कायम राहतात. पाहा कशी ते.

Direct : The teacher said, " He is in the classroom."
Indirect : The teacher told that he was in the classroom."
Direct : I said to you, " She is honest."
Indirect : I told you that she was honest.

INTERROGATIVE SENTENCES :
(प्रश्नार्थक वाक्ये)

प्रश्नार्थक वाक्यांचे Indirect मध्ये रूपांतर कसे करतात ते आता आपण पाहू. त्यासाठी पुढील नियम लक्षात घ्या :

(i) Reporting Verb "to say" बद्दल अर्थाप्रमाणे 'ask', 'inquire' किंवा 'demand' ही क्रियापदे योजावीत.

(ii) Reported Speech मधील प्रश्नार्थक वाक्यरचनेची (Interrogative form) साधी विधानात्मक वाक्यरचना (Assertive form) करावी.

(iii) Ask नंतर to हे preposition वापरू नये.

(iv) Reporting verb आणि Reported speech हे भाग जोडण्याकरिता that हे conjunction वापरू नये.

(v) Demand व inquire या क्रियापदानंतर 'of' हे preposition वापरावे.

(vi) जर प्रश्नाचे उत्तर Yes किंवा No ने येत असेल म्हणजे प्रश्नाच्या आरंभी am, is, are, was, were, do, does, did, shall, will, may इत्यादी क्रियापदे असतील तर Indirect करताना Reporting verb आणि Reported speech हा भाग If' किंवा whether घालून जोडावा. 'that' वापरू नये. पुढील उदाहरणे पाहा.

Direct : He said to her, "Do you know this story?"
Indirect : He asked her **if** she knew that story.
Direct : She said to him, "Are you mad?"
Indirect : She asked him **whether** he was mad.
Direct : Suhas asked her, "**have** you done your home-work?"

Indirect : Suhas asked her **whether** she had done her home-work.

(vii) जर reported speech मधील प्रश्नांची सुरुवात what, which, whom, where, who, when, how, why, इत्यादी प्रश्नार्थक सर्वनामाने होत असेल म्हणजेच प्रश्नाचे उत्तर Yes किंवा No ने नसेल त्या वेळी reporting verb आणि reported speech जोडताना तेच प्रश्नार्थक सर्वनाम घालावे. पुढील उदाहरणे अभ्यासा.

Direct : He asked her, "Where do you stay?"
Indirect : He asked her where she stayed.
Direct : She said to him. "What are you doing?"
Indirect : She asked him what he was doing.
Direct : She asked him, "Why are you not studying?"
Indirect : She asked him why he was not studying.
Direct : He asked her, "Whom do you know?"
Indirect : He asked her whom she knew.

(viii) Direct चे Indirect करताना Direct मधील प्रश्नार्थक चिन्ह काढून टाकावे.

IMPERATIVE SENTENCES (आज्ञार्थक वाक्ये) : COMMANDS AND REQUESTS :

आता reported speech जर आज्ञार्थी किंवा विध्यर्थी वाक्य असेल तर त्याचे Indirect कसे करावे ते पाहू. त्यासाठी पुढील नियम पाळा.

(i) Reporting verb मध्ये अर्थाप्रमाणे Advise (उपदेश करणे), Request (विनंती करणे), Order (हुकूम करणे), Beseech (विनंती करणे), Persuade (खात्री करणे, मन वळवणे), Urge (गळ घालणे), Beg (विनंती करणे), Entreat (विनवणी करणे), Implore (विनवणी करणे) ही क्रियापदे योजावीत.

(ii) Reporting Verb आणि Reported speech जोडण्यासाठी 'that' घालू नये.

(iii) Imperative mood चा (आज्ञार्थाचा) infinitive मध्ये बदल करावा. पुढील वाक्ये पाहा :–

1) Direct : "**Study** regularly," **said** the father to his son.
Indirect :The father **advised** his son **to study** regularly.

वरील वाक्यात study या आज्ञार्थक क्रियापदाच्या मागे to घालून त्याचे to study या Infinitive मध्ये रूपांतर केले आहे. said बद्दल advise (उपदेश

करणे) हे क्रियापद योजले आहे.

2) Direct : **"Please give** me your pencil." **said** Mohan to her.
Indirect : Mohan **requested** her **to give** him her pencil.

वरील वाक्यात Direct मधील 'please' हा शब्द Indirect करताना काढून टाकला आहे व त्याऐवजी reporting verb मध्ये request हे क्रियापद योजले आहे.

3) Direct : **"Don't sing** in the class-room," said the teacher to the girl.

Indirect: The teacher **forbade** the girl **to sing** in the lass-room.

वरील वाक्यात to forbid (प्रतिबंध करणे) हे क्रियापद indirect करताना घातले आहे. forbid चा भूतकाळ forbade आहे. Direct speech मध्ये 'अमूक करू नकोस' अशा अर्थाचे वाक्य आल्यास forbid या क्रियापदाचा वापर करावा.

4) Direct : "Leave this office immediately." **said** the angry officer to his clerk.

Indirect : The angry officer **ordered** his clerk to leave that office immediately.

नकारार्थी आज्ञा Indirect मध्ये 'not +Infinitive' ने योजतात.

जेव्हा Direct मध्ये आज्ञार्थक वाक्यात Let चा वापर केला जातो, त्या वेळी Reporting Verb च्या ऐवजी propose अथवा suggests हे क्रियापद अर्थाप्रमाणे घालावे व त्याचबरोबर should हे साहाय्यकारी क्रियापद योजावे.

5) उदा. Direct : **"Let us** attend the meeting" **said** he to me.

Indirect : He **proposed** to me that **we should** attend the meeting.

जेव्हा Let ह्या शब्दाने proposal किंवा suggestion (सूचना) याची कल्पना येत नाही तेव्हा might या साहाय्यकारी क्रियापदाचा उपयोग करणे भाग पडते. किंवा Let चे let या infinitive मध्ये रूपांतर करावे. परंतु अशा वेळी पुढे आलेले जे क्रियापद असते ते कायम ठेवावे. पुढील उदाहरणे नीट अभ्यासा.

6) Direct : "**Let** that woman sing a song in any way she likes" said he to me.
Indirect : He told me **to let** that woman sing a song in any way she liked.

7) Direct : "**Be** cautious and cross the road patiently" said the teacher to us.
Indirect : The teacher urged us **to be** cautious and cross

the road patienly.

8) Direct : "**Forgiv**e the girl this time" **said** the girl's mother to the teacher.

Indirect : The girl's mother **begged** the teacher **to forgive** the girl that time.

9) Direct : The teacher said to the student, "**Don't go** in."

Indirect : The teacher told the student **not to go** in.

EXCLAMATORY SENTENCES :

(उद्‌गारवाचक वाक्ये) :

आता, आपण उद्‌गारवाचक वाक्यांचे Indirect करताना कोणकोणते नियम पाळले पाहिजेत ते पाहू.

नियम

(i) उद्‌गारवाचक चिन्ह काढून टाकावे.

(ii) Reported speech मधील वाक्याचे उद्‌गारवाचक स्वरूप बदलून ते अपेक्षित अर्थाचे जरूर तेथे पदरचे शब्द घालून विधान (Statement) करावे.

(iii) Reporting Verb आणि Reported speech हे भाग that ह्या connective ने जोडावे.

(iv) Reporting Verb च्या ऐवजी अर्थानुसार exclaim, bless, pray, cry, इत्यादी क्रियापदे वापरावीत.

(v) Reported speech मध्ये खालील विशिष्ट शब्द आल्यास पुढील वाक्प्रचार वापरावेत :

(1) Alas :	exclaimed with sorrow that —.
(2) Hurrah :	exclaimed with delight that —.
(3) Oh :	exclaimed with surprise that —.
(4) Bravo (ब्राव्हो) :	applauded him saying that —.

(vi) संबोधने, उद्‌गारवाचक शब्द अगर शब्दसमूह संपूर्णपणे वगळावीत.

(vii) Indirect करताना उद्‌गारवाचक शब्दांचा ध्वन्यर्थ आपण आणावयाचा असतो. पुढील वाक्ये पाहा.

1. Direct : "Alas! We have lost the match", said he.
   Indirect : He exclaimed with sorrow that they had lost the match.
2. Direct : "Hurrah! I have got the first prize," Suhas said.
   Indirect : Suhas exclaimed with joy that he had got the first prize.

3. Direct : "How beautiful is this garden!" she said.
   Indirect : She exclaimed that that was a very beautiful garden.
4. Direct "How foolish am l!" said Suhas.
   Indirect : Suhas exclaimed with regret that he was very foolish.
5. Direct I said to her, "How lucky you are!"
   Indirect : I exclaimed with delight that she was very lucky.
6. Direct : "0! All my property is ruined." she said.
   Indirect : She cried out that all her property was ruined.
7. Direct : "Ha ha! What a joke!", said he.
   Indirect : He laughed and exclaimed that it was a great joke.
8. Direct : "By God! What a happy news!" said she.
   Indirect : She swore upon God that it was a very happy news.
9. Direct : "My God! I am ruined completely," said Vinod.
   Indirect : Vinod exclaimed with grief that he was completely ruined.
10. Direct : "What a miserable deed you have done!" said he to her.
    Indirect : He exclaimed with regret that she had done a very miserable deed.

Exercise

Change the following sentences into Indirect speech :

1. He said to her, "Do this just now."
2. She replied, "I don't want to do this now."
3. She will say to him, "You are a great actor."
4. Rahul said to Vina, "I will wait for you tomorrow."
5. Raju said to her, "Please, forgive me."
6. Suhas shouted, "Oh! We have won the match."
7. He asked me, "Where is my book? Did I keep it here?"
8. She said to him, "Search your book carefully."
9. Mohan said to her, "Please bring five tickets for this drama".
10. "Oh! I have totally forgotten." she said.
11. "What a beautiful scene!" he said to himself.

12. He turned back and said to her, "Don't come tomorrow."
13. I said to him, "You are really a great man!"
14. "Alas! I have lost my watch," he said to her.
15. The teacher said to the boy, "Get out, don't wait here."
16. "Oh God! Save me from this danger," said he.
17. "Hurrah! We have won the match," they shouted.
18. "May God help you in this matter," he said to her.
19. She said, "I can't do this."
20. She said to him, "You don't know this."
21. He said, "The earth is round."
22. They said, "You have ruined us completely."
23. The master said to the servant, "Don't enter my house."
24. The doctor said to the patient, "Take exercise regularly and go for a morning walk daily."
25. She said to him, "My umbrella is broken, I must buy a new one."
26. "How rich are these flowers!" said she.
27. The leader of the thieves said to his people, "First go to the left, then turn to the right."
28. Father said to his son, "Study regularly, go to bed early and get up early."
29. The child said to his mother, "I want sweets."
30. They said, "Man proposes, God disposes."
31. "What a great surprise!" said she.
32. He says, "I shall get up early, I shall do my work honestly."
33. She will say, "I had been to a picture yesterday night."
34. "Do you know the way?" asked the stranger to a boy.
35. He asked her, "Where do you stay?"
36. She asked him, "Have you seen this picture?" "Did you like it?"
37. He asked her, "Are you serious about this?"
38. She replied, "Of course, I am serious about this."
39. "Where were you yesterday, Suhas?" she asked.
40. He will say, "You will have to work much."
41. Sunita said to him, "You are really clever, but use your cleverness well."
42. The King said to the soldier, "You must obey me."

43. "Have you seen Vijay, anywhere?" Suhas said to Veena.
44. She said to him, "No, I don't desire to do such a deed."
45. "You are not allowed to open your notebooks" said the supervisor to the boys.
46. He said, "She may turn up to night if she has no work."
47. He said, "May God help me at such a critical moment."
48. "Does he know English?" she asked. I replied, "Yes, he knows but a little."
49. He said to Sunita, "Please accompany me as I wish to visit Bombay."
50. Sunita replied, "I have no time because of heavy work, otherwise I would have accompanied you."

34. FIGURES OF SPEECH

Figures of Speech are departures from the direct way of speaking or writing.

They are chiefly used in poetry for the sake of vividness. They also used in prose specially in public speeches to give effect or beauty to what is said.

The figures of speech may be divided into five sections : (1) Based on Similarity or Likeness; (2) On Contrast; (3) On Association or substitution; (4) On Construction or Arrangement; (5) On Sound.

Alliteration : In this figure of speech words beginning with the same sound are placed side by side.

Examples :
1. Thus *let* me *live*, *unseen, unknown*
2. She *seems* a *slender* maid, who *soon*.
3. *No nightingale* did ever chant.
4. *Bed* in the *bush* with *starts* to *see*.

Repetition : In this figure of speech words, phrases or lines are repeated.

Examples :
1. *Ring out, ring out* my mournful rhymes.
2. *Deliverance*? Where is this deliverance?
3. For *happy* daughters and *happy* wives.
4. *o stay, o stay*, thou goodly youth.

Simile : In this figure of speech a comparison is made between two different objects which have something in common. Words of comparison e.g. 'like', 'as', 'similar to' are used.

Examples :
1. And how their wives do him *like* bees.
2. Silver and blue *as* the mountain mist.
3. Some, *like* the flame of her marriage fire.

Metaphor : This figure of speech is like the simile. Here also there is comparison between two different objects but the comparison is implicit and hence there is no word of comparison like' 'as' etc.

Examples : 1. Rainbow-tinted circles of light.
(here the *bangles* are implicitly compared with *circles of light*).
2. Is overflowing with the sound.
(here *overflowing of a liquid* is compared with *sound of liquid.* Hence it is called 'verbal metaphor').

Personification : Here non-living things and abstract ideas are personified and given the quality of living persons.

Examples : 1. Ring *happy bells*, across the snow.
(bells are personified and given the quality of being 'happy').
2. *Coats glide* from their pegs in the *humble dark*.
(coats are made alive and dark is given the quality of being 'humble').

Onomatopoeia : In this figure of speech the very sound of words suggests the action.

Examples : 1. Came *knocking* all day at my door.
(the sound of the word in italics suggests the actual sound on the door).
2. Like bracelets' *tinkling* song.
(the sound of the bracelets is suggested by the word in italics).

Apostrophe : This is also a kind of personification. But here the non-living object or abstract idea or absent person is personified and is directly spoken to.

Examples : 1. I vow to thee, my *country*!
(Here the country is personified and is directly addressed).
2. O farewell *grief*, and welcome *joy*.
(Here grief and joy are directly addressed as living persons).

Rhetorical Questian (Interrogation) :

In this figure of speech a question is asked for creating effect and not getting an answer.

Example : 1. What harm is there if thy clothes
Become tattered and stained ?
(Here the obvious answer is 'There is no harm... ')
2. Why waste your time in building here?

Metonymy : In this figure of speech one thing is represented by another with which it is usually associated.

Example : 1. And never his *love* could see.
(here love stands for the person loved).
2. Whose trees in summer yield him shade,
In winter *fire*. (here 'fire' represents 'firewood').

Synecdoche : This is also a kind of Metonymy but in this figure of speech a part represents a whole or a whole represents a part of the thing or person or object itself.

Examples : 1. You little friend, *your nose is ready,* you snuff.
(here instead of saying 'you are ready' the poet says 'your nose is ready' i.e. *part represents the whole*)
2. *My soul* in true thanks giving speaks
('My soul' represents 'I')

Transferred Epithet : This is a figure of speech in which an adjective (epithet) which properly belongs to one word is transferred from there and applied to another word related to it.

Examples : 1. And sings a melancholy strain.
(Here the adjective 'melancholy' is transferred from the solitary reaper and applied to 'strain').
2. You ran in delightful strata of wafted scent.
(here the adjective 'delightful' is transferred from 'dog' and applied to 'strata').

Inversion (Anastrophe) : In this figure of speech the order of words is changed or inverted.

Examples : 1. Birds greet her with their cooing glad. (here the correct order would be 'Birds with their glad cooing greet her'. Hence the order is inverted).

2. A voice so thrilling never was heard. (Here also the order of words is inverted)

Antithesis : In this figure of speech opposite ideas are expressed in the same sentence or line.

Examples : 1. *Ring out* the *false, ring in* the *true.* (here the opposite ideas are 'ring out, ring in' and 'false, true').

2. If I'm not so *large* as you,
You are not so *small* as I.
(here 'large' and 'small' are placed side by side).

Climax : In this figure of speech words and phrases are arranged in an ascending (rising) order to create greater effect.

Examples : 1. *Hours, days,* and *years* slide soft away. (the words 'hours', 'days' and years' are arranged in ascending order)

2. For *old, unhappy, far-off* things
And battles long ago.

Tautology : In this figure of speech two or more words which have the same meaning are used.

Examples : 1. Went forth to *sport* and *play* (Sport and play have the same meaning).

2. C. risking *vertebra*e and *spine*

Hyperbole (Exaggeration) : In this figure of speech a statement is purposely exaggerated to create greater effect.

Examples : 1. Buy tickets worth their weight in radium (here the statement is very much exaggerated)

2. Ring out the thousand wars of old.

Euphemism : In this figure of speech something that is unpleasant, or hurtful is expressed in a more pleasant manner.

Examples : 1. Let the *blow* fall soon or late. (Here death is expressed in a less harsh

manner.)
2. Your *journey* ends with the close of day. (Here also death is suggested in a pleasant way.)

Circumlocution (Periphrasis) : In this figure of speech a statement is made in a round about manner.

Example : 1. For those that here we see no more. (Instead of saying 'those who are dead' the poet puts in a round about manner.)

Paradox : In this figure of speech a statement may sound contradictory or absurd at first sight but after a little reflection or reading the poet the contradiction disappears.

Example : 1. When he himself is not his own. (The statement sounds absurd at first sight because 'a person is his own' but really speaking 'our future is not in our own hands').

Exclamation : In this figure of speech the exclamatory form is used to draw greater attention to a point than a mere bold statement.

Examples : 1. What a piece of work is man!
2. How beautiful Helen of Troy was!

Litotes : Litotes is the use of a negative to express a strong affirmative of the opposite kind.

Examples : 1. I am a citizen of no mean city.
2. Helen of Troy was not the ugly duckling of her family.

Oxymoron : In this figure of speech two contradictory qualities of the same thing are predicted at once. An adjective is added to a word of quite a contradictory meaning.

Examples : 1. She accepted it as the *kind cruelty* of the surgeon's knife.
2. He is always *idly busy.*

Irony : Irony is the use of words, the natural meaning of which is just the opposite of what is intended to be expressed. By this figure of speech, therefore, we say one thing but mean just the opposite.

Examples : 1. For Brutus is an honourable man,
So are they all, all honourable men.
2. He left me to the tender mercies of my enemy.
3. What a fine mess of things you have made!

Exercise

Name and explain the figures of speech in the following :

(1) Ring in the thousand years of peace.
(2) The sticks grow alive to the stride of their vagrant course.
(3) Leave this chanting and singing and
(4) And the swish of a skirt in the dew.
(5) When I had money, money, O!
(6) Poor men, think I, need not go up.
(7) A pilgrim going alone high way.
(8) Like her bridal laughter and bridal tear.
(9) When swollen eye meets gnarled fist.
(10) Her silken robe is white moonlight.
(11) Whose herds with milk, whose fields with bread.
(12) She is here alive, she is not dead.
(13) His fond and foolish mind.
(14) Will no one tell me what she sings?
(15) White as milk, the frosty field.
(16) Wealth I ask not, hope nor love.
(17) Ring out, wild bells, to the wild sky.
(18) He, too, must cross in the twilight dim.
(19) Neither can you crak a nut.
(20) Some are like the fields of sunlit corn.
(21) He was the cleverest general that ever lost a battle.
(22) He is an honourable villain.
(23) He was not a little annoyed at his failure.
(24) Parting is such sweet sorrow.
(25) He is regularly irregular.
(26) He is no dullard.
(27) A nice job you have made of it.
(28) O that I had wings like a dove.

(29) They were engaged in friendly strife.
(30) I don't believe it ever entered his wise head.
(31) Oh that those lips had language !
(32) The darkness silvers away,
(33) Hasten slowly.
(34) That accomplished lawyer knew a little of everything - even of law.
(35) O that I were young again!
(36) He is a cheerful pessimist, an unwilling volunteer.
(37) He doesn't look too pleased.
(38) He was by no means overjoyed at the news.
(39) O what misery awaits a wasted youth!
(40) Out of the largeness of his heart he gave me poor woman a paisa.

COMPOSITION SECTION
35. ESSAY-WRITING

The Essay may be narrative, descriptive, reflective or argumentative.

Consider the subject carefully and run rapidly over in your mind what you know about it. Jot down your ideas, just as they occur to you. Arrange your ideas. Choose accurate words. Every essay should consist of a beginning, a middle, and an end. Write some of the following essays :

Subjects for Essays

(1) A Hawker at the Street Corner, (2) Republic Day, (3) My First Day at School, (4) A Street Accident, (5) A Public Function, (6) Our Family Doctor, (7) The Send Off Ceremony in My School, (8) House Painting, (9) A Visit to a Circus Show, (10) A Street Quarrel I Watched, (11) A Pleasure Trip, (12) Half An Hour at the Bus-station, (13) An Hour at a Railway Station, (14) My Native Place, (15) The Postman, (16) The Blessings of Science, (17) The Village I Live In, (18) The Weekly Bazzar, (19) A Village-Fair or At a Fair, (20) At a Wedding, (21) A School Reading Room, (22) A Social Gathering of My School, (23) A Visit to a Hospital, (24) The Prize-Distribution Ceremony at My School, (25) The Season I like Most, (26) Hobbies, (27) A Visit to a Historical Place, (28) A Thunder Storm, (29) Friendship, (30) 'Time is Money',(31) An Indian Bazar, (32) The Pleasures of Imagination, (33) The Best Occupation, (34) The Pleasures of School Life, (35) The Value of Prayers, (36) Dress as an Index of Character, (37) Should Examinations be Abolished ?, (38) "Well Begun is Half Done," (39) Civilization, (40) Reading As a Recreation, (41) "Great Events Spring from Little Causes", (42) "Necessity is the Mother of Invention", (43) There is No Virtue Like Necessity.

36. STORY-WRITING

लक्षात ठेवा :

(१) कथेची दिलेली रूपरेषा काळजीपूर्वक निदान दोन-तीन वेळा वाचा. (२) कथेचा विस्तार तुम्हाला कसा करता येईल, याबद्दल नीट विचार करा. (३) त्यानंतर कथा लिहावयास सुरुवात करा. (४) कथा लिहीत असताना जो काळ रूपरेषेमध्ये दिलेला असेल त्याच काळाचा वापर करा. बहुतांशी रूपरेषांमध्ये भूतकाळाचा वापर असतो. (५) कथेला योग्य असे शीर्षक (title) द्या. (६) शीर्षक देताना पुढीलपैकी कोणत्या तरी एका गोष्टीवर भर द्यावा; (i) कथेतील एखादी व्यक्ती; (ii) कथेतील एखादा प्रसंग; (iii) कथेची मध्यवर्ती कल्पना.

Develop a story with the help of the guidelines given below and suggest a suitable title :

(1) Two girls play near a well - they quarrel - the mother of one girl slaps the other - their mothers quarrel - others join them - while they quarrel, the two girls begin to play - an old man pointed at this - asked them to stop the quarrel.

(2) A juggler going from one town to another - he has a monkey and a goat with him - stops on the way - hungry - keeps his rice-bowl near the animals - goes to the river to wash his hands - the monkey eats all the rice - wipes his hands on the goat's mouth - the juggler returns - finds the rice-bowl empty - looks at both the animals - sees rice particles on the mouth of the goat - beats him severely - pats the monkey.

(3) A merchant's money purse stolen from house - suspects one of his servants - complains to judge - judge calls all his servants - gives each of them a stick - calls them on the next day with sticks - says, "The thief's stick will become longer by an inch" - the thief's fear - he cuts off

his stick - on the next day all servants go before the judge - present the sticks - the judge finds one stick smaller - finds out thief - sends him to jail.

(4) An old man - his only son falls into bad company - father's plan - asks his son to get two baskets of ripe mangoes - puts one rotten mango in one basket - tells his son to open the baskets the next evening - mangoes in one all gone rotten - lesson.

(5) An old lady becomes blind - calls a doctor - agrees to pay a heavy fee - no fee if not cured - an agreement - the doctor delays the cure - every day takes some of her furniture - demands his fees - old lady refuses to pay - cure not complete - doctor brings her to judge - judge asks lady why she will not pay - lady replies sight not restored - cannot see all her furniture - judge gives verdict in her favour.

(6) A woman and her daughter - living near a bridge - heavy train - part of the bridge broken - the girl saw - time for the train - she wanted to give a warning - set a heap of clothes on fire - engine-driver stopped the train - the girl was honoured and rewarded.

37. LETTER-WRITING

लक्षात ठेवा : पत्राचे स्वरूप (FORM OF A LETTER)

(i) Address and date : पत्राच्या वरच्या उजव्या कोपऱ्यात पत्र लिहिणाऱ्याने आपला पत्ता व त्याखाली तारीख लिहावी.

(ii) ज्याला पत्र लिहावयाचे त्याचे नाव व पत्त्यासंबंधी : व्यावहारिक पत्रात, संपादकाला लिहिलेल्या पत्रात, सरकारी कामकाजाच्या पत्रात नाव किंवा हुद्दा आणि पत्ता सविस्तरपणे लिहावा लागतो. खासगी पत्रात या गोष्टी लिहीत नाहीत. नाव किंवा हुद्दा आणि पत्ता मुख्य मजकुराच्या वर डाव्या बाजूला लिहिलेला असतो. त्याच्या आरंभी 'to' असे लिहावे, पण त्यापुढे स्वल्पविराम देऊ नये.

(iii) आरंभीचे आणि शेवटचे मायने : हे मायने लिहिताना पत्र कोणत्या स्वरूपाचे आहे ते लक्षात घ्यावे. आरंभीचा मायना पत्राच्या वर डाव्या बाजूला लिहितात आणि शेवटचा मायना पत्राच्या खाली उजव्या बाजूला लिहितात. पुढे दिलेले मायने नीट लक्षात घ्या :

पत्र कोणाला	**आरंभीचा मायना**	**शेवटचा मायना**
To a friend	My dear Sunil,	Yours sincerely,
To relatives	Dear Father,	Yours loving son,
	Dear Mother,	Yours loving son,
	My dear Brother,	Yours affectionately,
	My dear Sister,	Yours affectionately,
	My dear Uncle,	Yours affectionately,
Acquaintance	Dear Mr. Sule,	Yours truly,
Superiors	Respected Sir,	Yours faithfully,
Strangers	Sir, or Madam, किंवा	Yours faithfully,
	Dear Sir, Dear Madam,	Yours faithfully,

Businessman	Sir,	Yours faithfully,
Business firm	Sirs, किंवा Gentlemen,	Yours faithfully,
Editor of newspaper	Sir,	Yours faithfully,
Official	Sir,	Yours faithfully

(iv) मायन्यातील कॅपिटल अक्षरे आणि विरामचिन्हे याबाबतीत महत्त्वाच्या सूचना : (a) 'My dear Brother' यामध्ये 'M' आणि 'B' ही अक्षरे capital आहेत. परंतु 'dear' चे 'd'' अक्षर capital लिहू नये. (b) 'Dear Sir' मध्ये 'D' आणि 'S' ही अक्षरे कॅपिटल लिहावीत. (c) मायना लिहिल्यावर स्वल्पविराम घालणे जरूर आहे. उदा. My dear Sister, किंवा Sir,

(v) शेवटी लिहिलेल्या मायन्यात अपॉस्ट्राफी 's नाही हे लक्षात घ्यावे. Yours truly, Yours faithfully, Yours sincerely, असे लिहितात. येथे 'Y' हे अक्षर कॅपिटल आहे. परंतु अनुक्रमे t, f, s ही अक्षरे capital नाहीत. म्हणून शेवटच्या मायन्यात फक्त प्रथम शब्दाचे पहिले अक्षर capital आहे, दुसऱ्या शब्दाचे नाही. शिवाय मायन्यानंतर स्वल्पविराम आवश्यक आहे.

(vi) परीक्षेत तुम्हांला स्वत:चे नाव पत्राच्या शेवटी लिहावयाचे नसते. म्हणून तुम्ही त्या जागी A B C किंवा X Y Z असे लिहावे.

पुढील तीन पत्रे नमुना म्हणून दिलेली आहेत. ती काळजीपूर्वक वाचा; व त्यानंतर self-practice साठी प्रश्न दिले आहेत ते तुमच्या वहीत सोडवा.

1. There was a send-off function in your school. Write a letter to your friend making use of the following points :

(i) The day, date and time, (ii) The beginning of the function, (iii) Students' speeches expressing gratitude towards teachers and the school, (iv) The teachers' speeches, (v) The headmaster's speech, (vi) Refreshments.

72, Shivaji Park,
Dadar, Bombay-400 028
23rd February, 1983

My dear Suhas,

Received your letter dated 6th February, 1983 and thanks for the same. My S.S.C. Examination is approaching fast. On last Saturday, i.e., on 19th February, there was a send-off function arranged by our school. We were called at 3 p.m. in the school hall. Our Headmaster, Shri Satpute took his seat on the stage. Then, Miss Nadkarni, Secretary of the Students' Association of our school, made a speech. In her speech, she requested our Headmaster to occupy the chair. Then there were speeches from the students expressing gratitude towards teachers and the school. Five boys and two girls made speeches. The speech by Master Vilas Sule was the best. Then four teachers gave their speeches. There was a lot of advice in all these speeches. Then Miss Nadkarni handed over a big wall-clock to the Headmaster. She declared that the clock was given as a gift from the students of S.S.C. class.

Headmaster thanked the students and delivered a nice speech. In his speech there were many important points. He also wished brilliant success for all S.S.C. students of our school.

Then seven girls from S.S.C. class came on a stage and they sang 'Jana-Gana-Mana'. Then we were requested to go to the neighbouring rooms for refreshments. We had a lot of fun and enjoyment. How can we forget this day?

Convey my regards to your Mummy and Papa. Hoping for your early reply.

Yours sincerely,
XYZ

2. You have lost your school-leaving certificate. Now you are in need of it. Write a letter to the Head Master of your school to send you a duplicate school-leaving certificate. Make use of the following points :

(i) Your full name, (ii) The year of leaving the school (with details), (iii) The standard in which you were studying, (iv) How you lost the certificate, (v) Why you need it now, (vi) Request to send a duplicate on payment of usual charges.

72, Hindu Colony,
Dadar, Bombay-400 014
7th September, 1983

To
The Headmaster,
Maharashtra Vidyalaya,
Wai.
Respected Sir,

I would like to inform you that I was a student of your school in the year 1982. I was studying in standard VIII, division B. My full name is Suhas Damodar Naik. I left the school in April, 1982 and came to Bombay.

I have also joined a technical institute. I am working there as an apprentice. I require a school-leaving certificate. I have to show the certificate to the Director of this technical institute. Since last week I am searching for the same. I have searched all the corners of our house; but I didn't find it anywhere. Hence, I request you earnestly to send me a duplicate copy of my school-leaving certificate. I am ready to pay you the necessary charges by M.O.

Kindly treat this matter as urgent and important. Please send the reply and, if possible, the duplicate school-leaving certificate at the above address.

Thanking you,

I remain,
Yours truly,
XYZ

3. You are the secretary of a Sport-Club. Write a letter to Messrs. Ideal Sports Corporation, Dhobitalao, Bombay, placing an order for sports materials. Make use of the following points :

(i) You received price-list (ii) Which materials you choose, (iii) Which brand you want, (iv) Name the items and quantity, (v) How the materials should be sent, (iv) Arrangement for payment.

Azad Sports-Club,
Shahupuri,
KOLHAPUR
7th October, 1984

To
Messrs. Ideal Sports Corporation,
Dhobitalao,
Bombay-400 002.

Re : Order for sports-materials.

Dear Sirs,

I received your price-list for sports materials last week and thanks for the same.

After going through the list I have selected 'Lion' Brand Sports materials shown on page no. 7 of your price-list.

Kindly send to me at my above address the following materials of 'Lion' brand in quantities mentioned against each item.

Table-tennis rackets	6
Table-tennis balls	3 doz.
Foot-balls	3
Tennis balls	1 1/2 doz.
Cricket-bats	6
Cricket balls	15
Stumps	9

Kindly treat this as urgent, and send the materials at the earliest. You are requested to pack the materials carefully so that they may not be damaged in transit.

Kindly send the parcel by Ghatge-Patil transport truck. You may send the challan and the bill to me directly.

On receipt of the materials, a Bank-draft will be sent.

Thanking you and hoping for your co-operation,

Yours faithfully,
XYZ
Secretary

FOR SELF-PRACTICE

Write a letter with the help of the points given :-

1. You have passed the S.S.C. Examination and wish to join a college. Write a letter to the Secretary of "Shantadevi Charitable Trust", Fort, Bombay. Request him to give you help through this Trust. Make use of the following points :

(i) Your full name, (ii) The year of passing S.S.C. Examination, (iii) Number of marks you secured in S.S.C. Examination, (iv) Yearly income of your father, (v) Why you need the help, (vi) The line you wish to take up, (vii) Your monthly expenses for the course, (viii) The duration of the full course.

2. Write a letter to the Manager, 'Crown' T.V. Centre, Fort, Bombay, making use of the following points :

(i) You have purchased T.V. set last week, (ii) It does not work properly, (iii) Complaint regarding the T.V. set, (iv) Request him to send an expert who will set it right, (v) Tell him to treat this matter as urgent.

3. You have gone to your uncle's place for a fortnight. Write a letter to your father about your happy stay there. Make use of the following points :

(i) How you reached, when you reached, (ii) How you enjoyed your stay. (iii) Uncle and aunt quite co-operative with you, (iv) Enjoyed the Company of your cousins, (v) Which places you visited, (vi) Other entertainments.

4. Your younger sister wishes to take up nursing course and seeks your advice. Write a suitable letter to her giving your advice. Make use of the following points :

(i) Your first reaction, (ii) Your opinion regarding the course, (iii) What people will say, (iv) Hardships of a nurse's life, (v) Advice to follow your parents' wishes.

5. There is a vacancy for the post of a 'Sales Representative' Jeevandeep Prakashan, Girgaum, Bombay-

4. Write an application to the Manager, Jeevandeep Prakashan. Make use of the following points :

(i) Your name, full address and languages known, (ii) Your academic qualifications, (iii) Your experience in sales, (iv) State whether you have liking for making sales, (v) How you will prove your abilities, (vi) Your expected salary including commission on sales.

6. You have received a parcel of sports materials from Pune. On opening parcel you find some articles missing. Write a letter to the Station Master of your city complaining about it. Make use of the following points :

(i) Number and date of Railway Receipt, (ii) By whom was the parcel sent? (iii) Time and date of taking its delivery, (iv) Articles you found missing. Their value, (v) Details of the missing articles, (vi) Request to inquire.

38. COMPREHENSION

पाठ्यपुस्तकात नसलेला उतारा तुम्हाला कितपत समजतो हे जाणण्यासाठी comprehensionचा प्रश्न असतो. तुमची ग्रहणशक्ती अजमावता येते. comprehensionवरील प्रश्न सोडविण्यासाठी अनेक comprehension चे परिच्छेद घेऊन ते सोडवा.

comprehension करताना पुढील सूचना लक्षात घ्या :

(1) प्रथम दिलेला उतारा काळजीपूर्वक वाचा. (2) नंतर त्या उताऱ्याखाली दिलेले प्रश्न नीट वाचा. (3) दिलेले प्रश्न मनात ठेवून तो उतारा दोनदा वाचा. (4) त्यानंतर दिलेल्या प्रश्नांची उत्तरे लिहावयास सुरुवात करा. (5) सर्व प्रश्नांची उत्तरे त्या उताऱ्यामध्ये तुम्हांला आढळतील. (6) उताऱ्यामध्ये काही शब्द अवघड असल्यास घाबरू नका. कारण भावार्थ आकलन झाला म्हणजे उत्तरे लिहिता येतात. (7) सर्वच प्रश्नांची उत्तरे न आल्यास जेवढ्या प्रश्नांची उत्तरे येत असतील तेवढ्याच प्रश्नांची उत्तरे लिहा.

Model :

Read the following passage carefully and answer the questions given below :

When Columbus returned from America, he was much honoured by the King and Queen of Spain and was entertained at many dinners. Naturally he excited the envy of many people. One day when the great explorer was at dinner in company with some nobles, the latter began to speak slightly of his achievement. One of them said, "Any one of us could have done the same. After all there was nothing wonderful in merely sailing in westward until land appeared."

Columbus overheard their talk and decided to silence them. He took up an egg and asked them to make it stand on one end. The egg was accordingly passed around the table. All tried but no one succeeded. Columbus then, took the egg, broke it slightly at one end and so made it stand upright. The nobles exclaimed, "That is easy. We could have done that." "Yes", said Columbus, "it is easy to do, but it was first necessary to think of it." Thus he silenced his critics who began to understand how foolish they were.

(i) By whom was Columbus honoured? (ii)What did the nobles do at a dinner? (iii) What did Columbus ask them to do? (iv) What did Columbus do to make the egg stand upright? (v) Why did the people envy Columbus? (vi) What thing is necessary to do a great thing? (vii) When Columbus made the egg stand upright, what did the nobles exclaim?

Answers : (i) Columbus was honoured by the King and Queen of Spain. (ii) At a dinner, the nobles spoke slightly about the achievement of Columbus. (iii) Columbus asked them to make an egg stand upright. (iv) Columbus slightly broke the egg to make it stand upright. (v) The people envied Columbus because he was honoured by the King and Queen of Spain. (vi) Thinking is necessary to do a great thing. (vii) When Columbus made the egg stand upright, the nobles exclaimed, "That is easy. We could have done that."

Exercise

1. Read the following passage carefully and answer the questions given below :

Once there was a man, who had two sons. The younger one said to his father, "Father, give me the share of the property that will come to me." So he divided up the property between the two of them. Before very long, the younger son collected all his belongings and went off to a foreign land, where he squandered all his wealth in the wildest extravangance. And when he had run through all his money, a terrible famine arose in that country, and he began to feel the pinch. Then he went and hired himself out to one of the citizens of that country who sent him out into the fields to feed the pigs. He got to the point of longing to stuff himself with the food the pigs were eating, and not a soul gave him anything. Then he came to his sense and cried aloud, "Why, dozens of my father's hired men have got more food than they can eat and here I am dying of hunger. I will get up and go back to my father and I will say to him, 'Father, I have done wrong in the sight of Heaven and in your eyes. I don't deserve to be called your son any more. Please take me as one of your hired men." So he got up and went to his father.

(i) What did the younger son ask his father to do? (ii) What happened to his wealth in a foreign country? (iii) When he became poor, which job did he take up? (iv) Ultimately what did he decide to do? (v) Which other words of the same meanings are used in the passage for following : (a) wasted, (b) belongings? (vi) When famine arose, what things did the younger son has to face? (vii) What is the meaning of "He began to feel the pinch."

2. Read the following passage carefully and answer the questions given below :

Happy is the man who acquires the habit of reading when he is young. He has secured a life-long source of pleasure, instruction. So long as he has beloved books, he need never feel lonely. He always has pleasant occupation of leisure moments so that he need never feel bored. His is in the possession of wealth more precious than gold. Ruskin calls books "King's Treasures", treasures filled, not with gold and silver and precious stones but with riches much more valuable than these - knowledge, noble thoughts and high ideals. Poor indeed is the man who does not read and empty his life.

The blessings which the reading habit confers on its possessor are many.

Provided we choose the right kind of books, reading gives the highest kind of pleasure. Some books we read simply for pleasure and amusement - for example, good novels. And novels and books of imagination must have their place in everybody's reading. When we are tired or the brain is weary of serious study, it is healthy recreation to lose ourselves in some absorbing story written by a master hand.

(i) What is a happy man? (ii) Why do we need recreation? (iii) What has Ruskin said about the good books? (iv) What blessing does the reading habit confer on its possessor? (v) Who is really poor? (vi) When does reading give the highest kind of pleasure? (vii) Why do we read good novels?

39. PRECIS WRITING

Hints on Precis Writing

'Precis' is a French word meaning 'summary'. Precis writing is not very easy. It demands a certain amount of maturity of understanding. It is at the same time an art and a skill. In any case it is a very useful and profitable exercise and will be of great help to you in later life.

There are several ways in which precis can be done. For our purpose we shall follow a very simple and easy method. The following hints should be helpful :

1. Read the passage slowly and carefully till the general idea is clear.

2. If the number of words of the passage is not given you will have to count the total number of words and find its one-third. You should be able to reduce the passage to so many words.

3. Now read the passage, sentence by sentence and try to reduce every sentence approximately to its one-third. Some ideas may be repeated in the passage. You may just omit them. Some of the sentences may be combined together. If you proceed in this way you will automatically be able to summarise the whole passage to its one-third.

4. Now count the number of words. See if a few words here and there have to be added or omitted.

5. If there is sufficient time you may do this whole process in the rough and then write down again neatly in the fair.

Model :

Q. Make the Precis of the following passage :

(The following example is given for your guidance)

One night in January, he made a marvellous discovery about the planet Jupiter. He found that whereas the earth has one moon,

Jupiter has several. Yet, strange to say, there were still people who would not believe him even when they saw the moons through the telescope. Of course, Galileo only laughed at them. He had many friends and he thought that there was no need to bother himself with people who did not wish to believe their own eyes. And, so, for many years he continued to make new discoveries and to teach people about Copernicus. 'The earth', said he, 'moves round the sun' and explained all the good reasons he had for believing this.

Unfortunately, Galileo was living at a time when it was not always wise or safe to teach what other men did not believe. 'He teaches things which are not in the Bible' said some. 'He is against the Church of Rome' said others. 'He believes in things which the Church does not teach. All these ideas are wicked', said many.

Solution :

Now study the following passage which is a precis of the paragraph given above.

One night, Galileo discovered that the planet Jupiter, unlike the earth has several moons. Even after looking through the telescope some people were not ready to believe this. Galileo, however, did not bother about them. He continued to make new discoveries and taught the people that the earth moves round the sun. Unfortunately, his enemies were angry because he had so many followers they said that he was against the Bible and the Church and that his ideas were wicked.

Exercise

Find out twenty paragraphs of about 200 words each from any good book written in English and make the precis of each.

40. TRANSLATION

भाषांतर करण्यासाठी सराव लागतो. योग्य प्रकारे भाषांतर करणे हे नेहमीच्या व्यवहारातही महत्त्वाचे असते.

(1) प्रथम दिलेला उतारा नीट समजेपर्यंत दोन-तीन वेळा काळजीपूर्वक वाचा. (2) भाषांतरात काही अवघड शब्द आल्यास गोंधळून जाऊ नका. संदर्भावरून अर्थ कळू शकतो. (3) भाषांतर हे शब्दश: असले पाहिजे. त्यामध्ये कोणतीही भर घालू नये, किंवा कोणतीही गोष्ट बदलू नये. (4) प्रत्येक वाक्य वाचून त्याचे भाषांतर करावे. अगोदरच्या वाक्याचे भाषांतर झाल्यावर मग पुढील वाक्याचे भाषांतर करावे. (5) भाषांतर हे साधे व आकर्षक असावे. (6) योग्य शब्दांचाच वापर भाषांतर करताना करावा. (7) भाषांतर करताना तुम्ही प्रयोग बदलू शकता. (8) जर एखाद्या मोठ्या वाक्याचे भाषांतर करणे शक्य नसेल तर भाषांतर करताना तुम्ही त्या वाक्याची दोन किंवा तीन वाक्यांमध्ये विभागणी करू शकता.

Model :

Translate the following into MARATHI :

When Guru Nanak became a little older he was sent to school, but he was not interested in the things taught there. So he told his father that he did not wish to attend that school. His father felt a little anxious about him, but when he found that the boy was determined not to go to school, he sent him to his fields to look after the cattle. This work Nanak liked because it brought him into touch with nature and its simple creatures. Moreover, in open fields he got many opportunities to think about God. He would allow the cattle to move freely while he himself sat down under a tree and thought of the beauties of nature.

मराठी अनुवाद :

गुरू नानक जेव्हा थोडा मोठा झाला, तेव्हा त्याला शाळेत पाठविण्यात आले, परंतु त्या ठिकाणी शिकविण्यात येणाऱ्या गोष्टींत त्याला रस वाटला नाही. तेव्हा शाळेत जाण्याची आपली इच्छा नाही, असे त्याने आपल्या वडिलांना सांगितले. वडिलांना त्याच्याबद्दल जरा काळजी वाटली, परंतु मुलाने शाळेत न जावयाचा निश्चय केला आहे, असे जेव्हा त्यांना आढळून आले, तेव्हा त्यांनी आपल्या शेतावर गुराढोरांची देखभाल करण्यास पाठविले. हे काम नानकाला आवडले. कारण त्यामुळे त्याचा निसर्गाशी आणि त्यामधील साध्याभोळ्या प्राण्यांशी संबंध आला. त्याशिवाय उघड्या शेतामध्ये, परमेश्वराबद्दल विचार करण्यास त्याला अनेक वेळा संधी मिळाली. तो गुराढोरांना मुक्तपणाने संचार करण्यास सोडीत असे आणि स्वत: एखाद्या झाडाखाली बसून निसर्गातील सौंदर्याबद्दल विचार करीत असे.

Exercise

Translate the following passage into MARATHI :

1. In a small lonely farm on the outskirts of a little village, lived a widow and her only son, a child about six years old. The widow was poor, but honest and Godfearing. She toiled from morn to night and maintained herself and her son. In the village there was a small school and the widow decided to send her son to it as he was old enough to go to school.

There was, however, a difficulty. For, between the isolated farm and the village school, there was a small forest about half a mile in length. The little boy would have to pass through it twice daily, on his way to school and back.

2. After serving his full term of imprisonment, the dacoit had made his appearance at the house of the magistrate. This was very strange; and people feared lest he should do any harm. But he soon put an end to those fears. "It is true that I was once a dacoit." he said, "but now I want to lead a peaceful life. I want to devote the rest of my life to God and your service. Please keep me in your house and I promise to serve you with all my heart. I assure you I will never betray your trust. I will ever be your faithful servant." There was such a ring of sincerity in the words of the ex-dacoit that Jagadish Chander's father could not but take him into his service.

3 As a grown up man I have come to realize that in some ways I am a little different from most of my people. And I think the difference had already begun at this time. I remember I was very shy.

While the other boys chased one another and played games with mud, stones, I would sit alone and dream of far away places and great journeys. I would pretend I was writing a letter to an important person in Lhasa or I was leading an army there.